DREAMBOOKS

무적군주
로이스

오렌 판타지 장편소설

ORIGINAL FANTASY STORY & ADVENTURE

dream
books
드림북스

무적군주 로이스 10

초판 1쇄 인쇄 2019년 1월 31일
초판 1쇄 발행 2019년 2월 20일

지은이 오렌
발행인 오영배
편집 편집부
일러스트 문필재
본문편집 오정인
제작 조하늬

펴낸곳 (주)삼양출판사 · 드림북스
주소 서울시 강북구 도봉로 173
대표 전화 02-980-2112 **팩스** 02-983-0660
편집부 전화 02-987-9393 **팩스** 02-980-2115
블로그 blog.naver.com/dreambookss
출판등록 1999년 3월 11일 제9-00046호

ISBN 979-11-283-9400-3 (04810) / 979-11-283-9390-7 (세트)

드림북스는 (주)삼양출판사의 판타지 · 무협 문학 브랜드입니다.

무적군주
로이스
10
오렌 판타지 장편소설
ORIGINAL FANTASY STORY & ADVENTURE
dream
books
드림북스

Contents

Chapter 1
중마왕의 마력 날개

"부, 분하다. 이제 막 부활했건만……."

헬자르크는 그 말을 끝으로 허물어졌다.

스스스.

대마계 제94위 중마왕 헬자르크가 먼지가 되어 흩어져 버리는 순간이었다.

　[미스토스의 은총이 당신의 노력에 대한 보상을 줍니다.]

　[당신의 레벨이 올랐습니다.]

　[당신의 레벨이 올랐습니다.]

[당신의 레벨이 상급 27이 되었습니다.]
[당신의 전투력이 대폭 상승했습니다.]
[당신의 최대 맷집과 미흐가 대폭 상승했습니다.]

역시나 중마왕! 하급 마왕들과는 달리 단번에 2단계나 레벨을 올려 주었다.

[당신의 맨손 전투 전술이 상급 32단계가 되었습니다.]
[당신의 맨티스거의 투지(전설)가 상급 30단계가 되었습니다.]

맨손 전투 관련 전술들도 1단계씩 상승!

역시나 중마왕들과 마주치니 무기를 빼 들 엄두도 내지 못했다.

'그놈들은 무기로 상대할 만큼 만만한 녀석들이 아니었어.'

물론 그래도 무기 전술들은 지금처럼 꾸준히 올려 둘 것이다.

덕분에 이제 하급 마왕들은 맨손이 아닌 검으로도 충분히 해치울 수 있게 됐으니까.

[미스토스 6420카퍼스를 얻었습니다.]

[윙 실드 전술이 10단계가 되었습니다.]

미스토스가 한 번에 6420카퍼스라니!

이는 하급 마왕 여섯 명 정도를 해치워야 얻을 수 있는 미스토스였다.

[중마왕의 마력 날개(신화)를 얻었습니다.]

날개의 일부가 녹긴 했지만 다행히 소멸되지는 않았다.

'조금씩 복원되고 있어.'

지금껏 하급 마왕들의 날개를 얻을 때는 그냥 마왕의 붉은 날개 혹은 마왕의 암흑 날개였는데, 이번에는 중마왕의 마력 날개였다.

아공간에 넣어 두었다가 완전히 복원되면 살펴보기로 했다.

지금은 도주한 슐라흐트와 바탈리아를 추격해 해치우는 게 우선이었다.

'하긴 서두를 건 없어. 어차피 따라잡을 거니까.'

로이스가 화염 결계의 미로에 들어서자 라샤가 즉시 미스토스 지도를 확인해 방향을 알려 줬다.

"전방으로 다섯 걸음, 오른쪽으로 여섯 걸음, 다시 왼쪽으로 두 걸음……."

이 기괴한 미로는 길이 정해져 있는 것이 아니라 수시로 바뀐다.

그냥 한 방향으로 계속 가는 형태가 아니라 갔던 길을 다시 되돌아오기도 한다.

따라서 먼저 간다고 무조건 빨리 나갈 수 있는 것이 아니었다.

아니나 다를까, 로이스가 잠시 이동하자 어느 순간 그의 앞에 바탈리아의 모습이 보였다.

"고작 여기까지 간 거냐?"

"으윽! 네놈이 감히!"

바탈리아는 어쩔 수 없다는 듯 로이스를 향해 달려들었다.

그러나 그것은 스스로 죽겠다고 작정한 것이나 다름없었다.

그렇지 않아도 전투력이 뒤지는 와중에 이런 좁은 공간에서 근접 맨손 전투에 능한 로이스를 당해 낸다는 것은 불가능한 일.

퍽! 퍼억!

로이스에게 접근하기도 전에 바탈리아는 상체에 두 번의

강한 충격을 입었다.

"크으으윽!"

비틀거리는 바탈리아의 날개를 움켜잡은 로이스는 그녀의 날개를 제외한 몸체 부분을 화염 결계의 벽으로 밀어 넣었다.

"잘 가라, 마왕! 또 보지 말자."

"자, 잠깐! 으아아악!"

화르르! 화르르르!

"크아아아아아악!"

전신이 녹아내리는 고통 앞에 중마왕 바탈리아의 입에서 치 떨리는 비명이 새 나왔다.

그러나 로이스는 눈 하나 깜빡하지 않았다.

"용자들을 잘도 죽였더군. 너희들도 이렇게 죽을 줄은 몰랐겠지."

정말 잔인한 행동이긴 했지만, 상대가 마왕이라면 이보다 더한 짓도 할 수 있었다.

대마계의 모든 마왕들을 이 꼴로 만들어 버리겠다고 다짐했으니까.

"오른쪽으로 열 걸음, 전방으로 다섯 걸음……."

그 순간에도 로이스는 담담하게 라샤가 알려 주는 방향대로 이동했다.

길이 계속 바뀌는 터라 가만히 한곳에 서 있으면 순식간
에 화염 결계의 벽이 밀려들기 때문이다.

　　[미스토스의 은총이 당신의 노력에 대한 보상을
줍니다.]
　　[레벨이 올랐습니다.]
　　[레벨이 올랐습니다.]
　　[당신의 레벨이 상급 29가 되었습니다.]
　　[전투력이 대폭 상승했습니다.]
　　[당신의 최대 맷집과 최대 미흐가 대폭 상승했습
니다.]

　　이름 [로이스]
　　레벨 [상급 29]
　　칭호 [마궁의 지배자]
　　신분 [미스토스 상급 기사]
　　맷집 56823/56823 (46823+10000)
　　미흐 57920/57920 (47920+10000)

결국 바탈리아는 화염 결계의 열기에 녹아 버렸다.
그렇게 대마계의 제87위 중마왕 바탈리아가 로이스의

손에 사라졌다.

　　[미스토스 8940카퍼스를 얻었습니다.]
　　[중마왕의 마력 날개(신화)를 얻었습니다.]

　이번에는 맨손 전투 관련 전술은 오르지 않았다.
　'하긴 매번 오를 수는 없겠지.'
　로이스는 바탈리아의 날개를 아공간에 집어넣고 계속해
서 중마왕 슐라흐트를 추격했다.
　그 또한 오래지 않아 로이스와 마주쳤다.
　"후후, 거기까지다, 마왕."
　"네, 네놈이 감히!"
　슐라흐트는 헬자르크와 바탈리아가 먼저 당했다는 사실
을 알고 있었다. 그 틈을 타 사력을 다해 도주했지만 결국
로이스에게 따라잡히고 말았던 것이다.
　로이스가 싸늘히 웃었다.
　"그러게 이런 이상한 결계를 뭐 하러 만든 거냐? 넌 네
가 만든 결계 때문에 죽는 거야."
　슐라흐트는 인상을 구겼다. 로이스의 말대로 화염 결계
만 없었다면 그는 진작 도주했을 것이다.
　이 안에서는 그 어떤 공간 이동 마법도 펼칠 수 없고 오

직 미로를 통과해야만 나갈 수 있다.

용자들을 하나도 놓치지 않기 위해 만들어 놓은 함정에 오히려 그가 빠진 거나 마찬가지.

"닥쳐라! 내가 너 따위 놈에게 죽을 것 같은가?"

슐라흐트가 악을 쓰며 달려들었다. 날개를 검으로 형상화한 후 미친 듯 휘두르기 시작했다.

번쩍! 콰르르릉! 콰콰쾅!

'윽! 이런!'

비좁은 공간이다 보니 피하는 건 불가능했다.

또한 윙 실드로 막는 것도 한계가 있었다. 슐라흐트의 공격은 헬자르크보다 몇 배는 강력한 터라 날개가 찢어져 버릴 우려가 있기 때문이었다.

그렇다고 당하고만 있을 수도 없는 일.

"에잇! 내 공격도 받아랏!"

파팟—!

공간의 격을 통해 원거리 공격을 펼쳐 봤지만, 슐라흐트는 가소롭다는 듯 그것을 모조리 튕겨 버렸다.

"내 앞에서 그따위 공격이 통할 거라 생각하느냐?"

"그냥 한 번 해 봤어. 역시 안 통하는군."

"크크큿, 알았으면 잠자코 뒈져랏!"

슐라흐트는 힘껏 검을 휘둘렀다.

번쩍! 파파팟—

어쩔 수 없이 로이스는 주먹으로 공격을 받아 내며 조금씩 전진했다.

콰콰쾅! 콰콰콰쾅!

'으윽! 젠장!'

그사이 전투력이 대폭 오른 상태였지만 슐라흐트가 전력을 다해 날린 공격을 정면으로 받아 내다 보니 로이스 는 적지 않은 피해를 입었다.

[맷집 40895/56823]

그래도 맷집이 워낙 높아 그럭저럭 버틸 만했다.

그러나 슐라흐트의 공격은 끝없이 이어졌다.

"그럼 그렇지! 네놈이 나의 공격을 맞고도 멀쩡할 리가 있겠느냐?"

그는 아까 로이스가 광휘의 막을 두르고 있을 때 그 어떤 공격도 통하지 않자 전의를 상실했었다.

그러나 지금은 그의 공격에 로이스가 상처투성이로 변하자 영문은 몰랐지만, 어쨌든 승리를 확신한 터였다.

"받아랏! 애송이 용병 놈!"

번쩍! 파파팟—!

콰콰쾅! 쿠콰콰쾅!

로이스는 인상을 쓴 채로 계속 방어에 치중했다.

'화염 결계 때문에 몸을 함부로 움직일 수가 없군.'

미로 위치가 계속 바뀌고 있어 무작정 돌진할 수도 없는 일.

반드시 라샤가 알려 주는 방향으로만 이동해야 했다.

동시에 슐라흐트의 공격을 받아 내다 보니 정신이 없었다.

"언제까지 그 꼴로 버틸 수 있을 것 같으냐?"

제82위 중마왕답게 슐라흐트는 역시 만만치 않았다.

그는 매우 노련하게 로이스가 피하기 힘든 부분을 공격해 왔다.

[맷집 20699/56823]

결국 로이스의 맷집이 더욱 하락했다.

[맷집 14699/56823]

맷집이 계속 떨어지자 로이스의 전신은 만신창이 상태가 되었다. 슐라흐트는 그 모습을 즐겁게 바라보며 키득거렸다.

"곧 죽겠구나, 미스토스 용병 놈! 하지만 여기서 끝이 아니다. 조만간 네놈이 차지한 거점을 박살 내 주마. 각오하고 있어라! 크카카카캇!"

슐라흐트는 로이스가 미스토스 용병이라 죽어도 다시 부활한다는 사실을 알고 있었다.

만약 타락한 용자의 부하들이 근처에 있다면 로이스를 봉인해 붙잡아 둘 수 있겠지만, 지금은 그것이 불가능하니 그저 한 번 죽이는 것으로 만족할 수밖에 없는 것이다.

대신 로이스가 가지고 있는 거점을 공격하겠다고 선전포고했다.

로이스는 픽 웃었다.

"넌 그럴 기회가 없을 거야. 여기서 죽을 테니까."

"크크큿! 그 지경이 되고도 입은 살아 있구나. 어디 목이 떨어진 상태에서도 그렇게 말하는지 두고 보겠다."

슐라흐트의 검이 더욱 빨라졌다.

번쩍! 번쩍! 콰르르! 콰콰콰쾅!

다시 로이스의 전신에 가공스러운 충격이 엄습했고 맷집이 대거 하락했다.

[맷집 11364/56823]

그런데 바로 그 순간.

군주의 목걸이가 환하게 빛났다.

　　[현재 당신의 생명력이 20% 이하이므로 미흐의
　의지가 발동됩니다.]

　　[당신의 미흐가 4900 소모됩니다.]

　　[미흐 53020/57920]

로이스의 입가에 회심의 미소가 맺혔다.

'후후, 드디어 발동됐군.'

아무리 극한 상황이라지만 그도 대책 없이 무식하게 주
먹을 휘두르며 돌진만 하고 있는 것은 아니었다.

　최악의 상황을 최선의 상황으로 바꿔 버리는 사기적인
전술!

미흐의 의지를 활용하기 위함이었다.

　　[미흐의 기운이 당신의 생명력을 모두 회복시킵니다.]

　　[맷집 56823/56823]

　　[당신의 공격력과 방어력이 일시적으로 대폭 상
　승합니다.]

비록 미흐를 대거 소모하지만 단번에 맷집을 최대치까지 회복시켜 버리는 미흐의 의지!

게다가 일시적이지만 공격력과 방어력도 대폭 상승한다!

미흐가 넉넉하다 보니 앞으로도 열 번은 더 펼칠 수 있었다.

또한 미흐의 의지 말고도 로이스는 하루 한 번이지만 10카퍼스의 미스토스를 사용해 신체의 모든 상태를 최상으로 회복시킬 수 있다.

용자 데니아의 축복 인장 덕분이었다.

그때는 소모된 미흐도 모두 회복되기 때문에 미흐가 바닥났을 때 펼치면, 다시 미흐의 의지를 10여 번 쓸 수 있게 될 것이다.

"제길! 정말 징그러운 녀석이로군."

로이스가 회복되자 슐라흐트는 이를 갈며 다시 검을 휘둘렀다.

번쩍! 콰콰쾅! 콰르르릉!

완벽하게 회복됐던 로이스의 맷집이 다시 하락하기 시작했다.

그러나 일시적이지만 방어력이 증가한 상태라 맷집 하락 속도가 줄었다. 그리고 그사이 로이스와 슐라흐트의 거리는 눈에 띄게 가까워진 상태였다.

이는 로이스가 방어 태세를 취하면서도 간혹 공간의 격을 펼치며 반격했기에 가능한 일.

물론 그 정도 타격으로 슐라흐트에게 피해를 입히는 건 불가능했다.

로이스가 노리는 건 거리였다.

'조금만 더!'

그렇게 조금씩 거리를 좁혀 나간 로이스가 슐라흐트를 무자비하게 주먹으로 후려치기 시작한 건 미흐의 의지가 한 번 더 발동되고 난 후였다.

퍼퍽! 퍼어억!

"쿠으으윽!"

로이스의 주먹이 슐라흐트의 안면과 상체에 폭풍처럼 날아갔다.

"이제 끝장을 내 주마, 마왕! 귀찮으니 또 부활 같은 건 하지 마라."

우두둑!

로이스는 비틀거리는 슐라흐트의 목을 그대로 잡아 뜯어 화염 결계의 벽으로 집어 던졌다.

"크아아아아악!"

그리고는 계속해서 슐라흐트의 심장을 박살 내고 날개를 제외한 그의 몸체를 모두 화염 결계의 벽으로 밀어 넣었다.

치이이익!

화르르! 화르르르르!

슐라흐트는 바탈리아와 달리 비명을 지르면서도 계속 화염 결계의 벽을 빠져나왔다.

"크아아아아! 네, 네놈! 멈추지 못하겠느냐?!"

"닥치고 그만 죽어라."

로이스는 빠져 나오는 슐라흐트의 머리를 다시 잡아 화염 결계의 벽으로 집어 던졌다.

그러나 슐라흐트는 쉽게 죽지 않았다. 머리뿐 아니라 부서진 몸체의 일부들도 각기 살아 있는 듯 빠져나오기를 반복했다. 마치 언데드를 연상케 할 정도였다.

'중마왕답게 꽤나 질긴 놈이군.'

그러나 질기기로 따지면 로이스를 따라올 자가 없으리라.

로이스는 어디 한번 해보자는 식으로 계속 밀어 넣기를 반복했다.

그러자 결국 어느 순간 슐라흐트의 몸체는 날개를 제외하고 모두 녹아 버렸다.

"크아아아아악! 불칸 님께서 네놈을 결코 용서하지 않으시리라……."

그렇게 대마계 제82위 중마왕 슐라흐트가 로이스의 손에 마생을 마감했다.

[미스토스의 은총이 당신의 노력에 대한 보상을 줍니다.]

[레벨이 올랐습니다.]

[레벨이 올랐습니다.]

[당신의 레벨이 상급 31이 되었습니다.]

[당신의 전투력이 대폭 상승했습니다.]

[당신의 최대 맷집과 최대 미흐가 대폭 증가했습니다.]

"후! 드디어 죽었군. 별것도 아닌 녀석이었는데 화염 결계 때문에 오래 걸렸어."

어쨌든 덕분에 레벨이 상승했다. 2단계나!

'좋아! 앞으로 19단계만 더 올리자.'

그럼 미스토스 군주가 될 수 있는 자격 레벨이 된다.

물론 군주가 된 이후에도 계속 레벨을 올려야겠지만, 일단 지금은 군주가 될 수 있는 상급 50레벨이 목표였다.

[당신의 맨손 전투 전술이 상급 33단계가 되었습니다.]

[당신의 맨티스거의 투지(전설)가 상급 31단계

가 되었습니다.]

치열하게 싸운 덕분에 맨손 전투 관련 전술들이 1단계씩 상승했다.

　　[미스토스 12590카퍼스를 얻었습니다.]
　　[중마왕의 마력 날개(신화)를 얻었습니다]
　　[화염 저항이 상급 1단계가 되었습니다.]
　　[열기에 저항하는 능력이 대폭 상승합니다.]

화염 결계 속에서 싸운 덕분인지 화염 저항력이 대폭 상승했다.
그러나 여전히 화염 결계의 벽에서 멀쩡히 버틴다는 건 불가능했다.
'이 결계에서 수련하면 화염 저항은 계속 올릴 수 있지 않을까?'
이 와중에도 수련을 생각하는 로이스였다.
그런데 그사이 결계를 펼친 당사자인 슐라흐트가 죽임을 당하자 화염 결계의 열기가 점점 사그라지더니 일순 흔적도 없이 사라져 버렸다.
'뭐냐? 그냥 사라졌네.'

로이스는 왠지 아쉬워하는 표정으로 주위를 살폈다.

저 안쪽에 용자 유리안이 의식 불명의 상태로 쓰러져 있는 모습이 보였다.

'죽은 건가?'

곧바로 슐라흐트의 날개를 아공간에 집어넣고는 유리안 앞으로 이동했다.

'다행히 아직 안 죽었어. 하지만 죽기 직전이니 최상급 포션을 써야겠군.'

로이스가 조금만 늦었더라면 유리안은 죽었을 것이다.

이런 걸 따져 보면 화염 결계가 사라진 것이 천만다행이었다. 그렇지 않았다면 이 안으로 들어오는 데 또 한참이 걸렸을 테니까.

쪼르륵! 콸콸콸!

유리안의 입에 포션을 먹이고 그녀의 상처들에 포션을 들이부었다.

신성력이 깃들어 있다는 최상급 포션!

이는 예전에 라테르 황제에게 선물로 받은 것이었다.

'조금씩 생기가 돌아오는군.'

유리안이 회복되고 있는 걸 확인한 로이스는 비로소 안도했다.

아홉 명의 용자가 죽었지만 그래도 한 명은 살렸으니 얼마나 다행인가.

'그나저나 마궁들은 어떻게 된 거지?'

중마왕들의 마궁을 접수해야 하는데 어째서 아무것도 나
타나지 않는 것일까?

　　　[당신은 현재 7곳의 마궁을 지배할 수 있으며,
　　이미 7곳의 마궁을 지배 중입니다.]
　　　[더 많은 마궁을 지배하기 원하면 날개의 단계를
　　올리거나 상위 등급의 날개를 장착하십시오.]

그 이유는 어렵지 않게 알 수 있었다.3

군주의 목걸이가 기다렸다는 듯 관련 내용을 알려 주었
으니까.

'그러니까 날개 때문이었군.'

로이스는 현재 3단계 암흑 날개를 장착 중이다.

이 날개로는 7곳의 마궁을 지배할 수 있다.

　　* 마왕의 암흑 날개(3단계)

　　—등급 : 신화

　　—자유롭게 장착, 탈착이 가능함.

　　—날개 장착 시 마계를 자유롭게 비행할 수 있음.

―윙 블레이드 시전이 가능함.

―윙 실드 시전이 가능함.

―날개 장착 시 권역의 마궁 7곳을 지배할 수 있음.

―마계 및 암흑 결계 이외의 장소에서는 비행 속
도가 대폭 감소함.

―마계 및 암흑 결계 이외의 장소에서 날개 장착
시 전투력이 대폭 하락함.

'그럼 날개의 단계를 올려 볼까?'

현재 로이스는 중마왕의 날개 3개와 하급 마왕의 날개 2
개를 아공간에 넣어 둔 터였다.

그사이 그것들은 자체적으로 모두 복원된 상태였다.

'우선 중마왕의 날개가 어떤 건지부터 살펴보자.'

　★ 중마왕의 마력 날개(1단계)

―등급 : 신화

―자유롭게 장착, 탈착이 가능함.

―날개 장착 시 마계를 자유롭게 비행할 수 있음.

―윙 블레이드 시전이 가능함.

―윙 실드 시전이 가능함.

―날개 장착 시 권역의 마궁 7곳을 지배할 수 있음.

—마계 및 암흑 결계 이외의 장소에서는 비행 속
도가 대폭 감소함.
　—마계 및 암흑 결계 이외의 장소에서 날개 장착
시 전투력이 대폭 하락함.

"어? 이건 3단계 하급 마왕 날개랑 똑같네."

중마왕의 날개는 1단계일 뿐인데도 3단계 하급 마왕의
날개와 같은 성능을 가지고 있었다.

뿐만 아니라 날개의 외형이 3단계 마왕의 암흑 날개와는
비할 수 없이 좋았다.

은빛의 날개!

날개 전체가 은빛으로 신비롭게 반짝이는 것은 물론이고
날개의 움직임도 훨씬 자연스럽고 멋졌던 것이다.

"이걸로 바꿀까?"

그러자 곧바로 군주의 목걸이가 반짝이며 글자들이 나타
났다.

　　[1단계 중마왕의 마력 날개로 3단계 마왕의 암흑
　날개의 능력을 이전할 수 있습니다.]
　　[이전 시 500카퍼스의 미스토스가 소모됩니다.]
　　[이전 시 3단계 마왕의 암흑 날개는 사라지며 1

단계 중마왕의 마력 날개는 2단계 혹은 3단계가 됩
니다.]

　　[이전을 위해서는 주 날개에서 보조 날개를 장착
해제하십시오.]

"이런 좋은 게 있었군."

사실 중마왕의 날개를 쓰자니 그간 단계를 올려 둔 하급
마왕의 날개가 내심 아까웠었다.

그런데 그 단계를 그대로 이전해 중마왕의 날개를 강화
할 수 있다고 하니 망설일 이유가 없었다.

'2단계만 되어도 지금보다 훨씬 낫잖아.'

그런 걸 위해서라면 500카퍼스의 미스토스쯤이야 얼마
든지 쓸 수 있다.

이번에 이곳 마계에 들어와 마왕들을 해치우며 얻은 미
스토스만 3만 카퍼스 정도 되는 터라 미스토스야 남아도는
상황이었다.

로이스는 즉각 장착 중인 마왕의 암흑 날개를 벗은 후 보
조 날개인 대왕 데스 가고일의 날개도 해제했다.

　　[주 날개에서 보조 날개가 장착 해제되었습니다.]

　　[미스토스 500카퍼스를 소모해 1단계 중마왕의

마력 날개로 3단계 마왕의 암흑 날개의 능력을 이
전하겠습니까?]

　　[2단계 성공 확률 100% / 3단계 성공 확률 60%]

　　[이전한다./그냥 놔둔다.]

"이전해라!"

로이스는 흔쾌히 웃으며 크게 외쳤다.

그러자 두 개의 날개가 환한 광채에 휩싸이더니, 그중 마
왕의 암흑 날개가 먼지로 변해 흩어져 버렸다.

　　[능력이 성공적으로 이전되었습니다.]

　　[3단계 마왕의 암흑 날개가 사라졌습니다.]

　　[마왕의 마력 날개가 3단계가 되었습니다.]

　　[날개의 비행 속도가 대폭 상승합니다.]

　　[윙 블레이드의 파괴력이 대폭 상승합니다.]

　　[윙 실드의 방어력이 대폭 상승합니다.]

　　[날개의 권능이 상승해 마궁을 14곳까지 지배 가
능합니다.]

"하하! 3단계 성공이군!"

2단계가 아닌 3단계가 되어 얼마나 다행인가.

이로써 날개의 능력이 대폭 상승했을 뿐 아니라 마궁은 14곳까지 지배할 수 있게 됐다.

이제 부담 없이 중마왕의 마궁들도 접수할 수 있게 된 것이다.

다만 그 전에 날개의 단계를 한 단계 더 올려 보기로 했다.

아직 중마왕의 날개와 하급 마왕의 날개가 두 개씩 더 있으니까.

[중마왕의 날개는 중마왕의 날개를 재료로 사용해 강화가 가능합니다.]
[그러나 하급 마왕의 날개를 재료로 강화할 때는 한 번에 3개가 소모됩니다.]

'하급 날개는 세 개가 필요하네.'

그럼 그것들은 일단 아공간에 넣어 두기로 했다.

하급 마왕들이야 앞으로 수도 없이 해치울 테니 날개를 구하는 건 어렵지 않을 것이다.

[3단계에서 4단계 강화 성공 확률 40%]
[미스토스를 소모해도 성공 확률은 상승하지 않습니다.]

[그러나 미스토스 100카피스를 소모하면 강화에 실패해도 주 날개는 사라지지 않습니다. 단, 재료로 사용되는 날개는 사라집니다.]

[중마왕의 마력 날개를 재료로 사용해 3단계 중마왕의 마력 날개를 4단계로 강화시키겠습니까?]
[강화한다./미스토스를 소모해 강화한다./그냥 놔둔다.]

"미스토스를 소모해 강화해라!"
성공 확률이 40%라는 건 열 번 시도했을 때 네 번 정도 성공한다는 뜻.
로이스는 군주의 목걸이가 주는 신비한 지혜 덕분에 확률의 개념에 대해서도 직관적이지만 정확하게 이해하고 있었다.

[미스토스 100카피스가 소모되었습니다.]
[중마왕의 마력 날개(1단계)가 사라졌습니다.]
[중마왕의 마력 날개 4단계 강화에 실패했습니다.]

"젠장!"

로이스는 주먹을 불끈 쥐었다.

'아직 한 번 더 기회가 있어!'

곧바로 다시 외쳤다.

"미스토스를 소모해 강화한다!"

그러자 두 개의 날개가 환한 광채에 휩싸였다.

[미스토스 100카퍼스가 소모되었습니다.]

[증마왕의 마력 날개(1단계)가 사라졌습니다.]

[증마왕의 마력 날개가 4단계가 되었습니다.]

[날개의 비행 속도가 대폭 상승합니다.]

[날개 장착 시 전투력이 대폭 상승합니다.]

[최대 맷집이 20000 증가합니다.]

[최대 미흐가 20000 증가합니다.]

[윙 블레이드의 파괴력이 대폭 상승합니다.]

[윙 실드의 방어력이 대폭 상승합니다.]

[날개의 권능이 상승해 마궁을 21곳까지 지배가 가능합니다.]

"오오! 성공!"

로이스는 쾌재를 불렀다.

4단계가 되자 날개를 장착하는 것만으로도 전투력이 대폭 상승했다.

놀랍게도 최대 맷집과 미흐도 각각 20000씩 증가했다.

그래서일까?

로이스는 일순 주체할 수 없을 만큼 힘이 늘어나 잠시 숨을 골라야 했다.

Chapter 2
빛나는 투혼의 날개

* 중마왕의 마력 날개(4단계)

─등급 : 신화

─자유롭게 장착, 탈착이 가능함.

─날개 장착 시 마계를 자유롭게 비행할 수 있음.

─윙 블레이드 시전이 가능함.

─윙 실드 시전이 가능함.

─날개 장착 시 전투력이 대폭 상승함.

─날개 장착 시 권역의 마궁 21곳을 지배할 수 있음.

─장착 시 최대 맷집과 최대 미흐가 각 20000씩

증가함.

　—마계 및 암흑 결계 이외의 장소에서는 비행 속
도가 대폭 감소함.

　—마계 및 암흑 결계 이외의 장소에서 날개 장착
시 전투력이 대폭 하락함.

"후! 이건 대단하네."

신체의 레벨이 한 단계씩 올라갈 때마다 전투력이 대폭
올라가지만, 방금 전 날개 강화를 통해 체감한 건 그 이상
이었다. 적어도 레벨이 몇 단계는 상승한 기분이랄까?

"앞으로도 날개를 꾸준히 모아서 단계를 올려야겠어."

　[당신이 지배 가능한 마궁은 도합 21곳이며, 이
미 7곳을 지배 중입니다.]

　[중마왕 슐라흐트의 마궁과 중마왕 바탈리아의
마궁, 중마왕 헬자르코의 마궁을 접수하겠습니까?]

　[접수한다./그냥 놔둔다.]

"모두 접수하겠다."

날개의 단계를 올린 덕분에 마궁들이 또 굴러들어 왔다.

[마궁들의 이름을 지어 주십시오]

"아시엘! 칼리스! 라개드!"
로이스는 즉각 대답했다.

[중마궁 아시엘이 당신을 주인으로 인식합니다]
[중마궁 칼리스가 당신을 주인으로 인식합니다]
[중마궁 라개드가 당신을 주인으로 인식합니다]

"중마궁?"
중마왕들의 마궁은 중마궁이라 불리는 것이었다.

—로드, 중마궁 아시엘이에요. 로드를 섬기게 되어 기쁘
군요. 마궁의 운영 방침에 대해 지침을 내려 주세요.

"나도 반가워. 앞으로 알아서 마궁을 잘 운영해. 그게 내
가 원하는 거다."
귀찮게 일일이 물어보지 말고 최대한 알아서 잘해라!
로이스가 원하는 건 바로 그것뿐이었다.
다행히 중마궁 아시엘은 눈치가 매우 빨랐다.

―로드께서 원하시는 대로 알아서 강력한 마궁으로 만들어 보이겠어요.

"바로 그거야. 힘든 일이 있을 때만 보고해."

―언제든 로드께 힘이 될 수 있도록 마족들과 마물들을 대거 훈련시킬게요. 특히 하급 마궁들은 염려 마시고 제게 맡겨 주세요. 중마궁인 저는 하급 마궁들을 훌륭히 지휘할 수 있어요.

"좋아! 그럼 네가 하급 마궁들의 지휘를 맡아 봐."
로이스는 흐뭇하게 웃었다. 공연히 중마궁이라 불리는 것이 아니리라. 하급 마궁들에 비해서는 월등한 능력을 갖고 있을 테니 지휘를 맡겨 보기로 했다.

―로드! 하핫! 저도 열심히 할 테니 하급 마궁을 좀 주십시오.
―라비쓰랄! 이거 너무하는 것 아니요? 저에게도 하급 마궁 좀 넘겨주십쇼.

그런데 그때 다른 중마궁인 칼리스와 라개드가 로이스에

게 말을 걸어왔다.

'그것 참, 확실히 실제 이름과 성격들이 비슷하네.'

로이스는 실로 오랜만에 '라비쓰랄'이라는 욕을 들어 봤다.

그건 오크들이 실생활에서 매우 자주 사용하는 상스러운 욕 중의 하나였다. 특히 오크 대장 라개드가 입에 달고 사는 욕이었다.

"알았으니 기다려라. 앞으로 하급 마궁들이 생기면 알아서 챙겨 줄 테니까. 그리고 라개드! 한 번 더 내 앞에서 라비쓰랄이라고 하면 죽는다!"

—죄, 죄송합니다, 로드! 라비…… 헙! 왠지 모르게 입에서 그냥 튀어나오는데 저도 왜 이러는지 모르겠습니다.

중마궁 라개드는 풀 죽은 음성으로 대답했다.

로이스는 픽 웃으며 고개를 끄덕였다.

"알았으니 앞으로 조심해!"

—예, 로드.

아무리 조심한다고 해도 라개드의 성격을 그대로 가져왔다면 시도 때도 없이 라비쓰랄은 튀어나올 것이다.

그래도 한 번씩 주의를 줄 필요는 있었다.

그렇게 로이스가 날개를 강화하고 마궁들을 접수하는 일을 마쳤을 때 즈음 바닥에 쓰러져 있던 유리안이 눈을 떴다.

"으음?"

만신창이 상태였던 그녀의 몸은 로이스가 부어 준 최상급 회복 포션으로 인해 완전히 회복된 상태였다.

"아, 그대는?"

유리안은 잠시 혼란스러운 표정으로 로이스를 바라보다가 물었다.

"대체 어떻게 된 일인가? 미스토스 상급 기사 로이스?"

"어떻게 되긴. 중마왕들은 모두 내 손에 죽었어."

"……!"

유리안은 다시 멍한 표정을 지었지만 이내 무겁게 고개를 끄덕였다.

그녀가 의식을 잃기 전에 화염 결계의 벽을 뚫고 로이스가 모습을 드러냈던 것을 보았으니까.

그리고 로이스가 슐라흐트를 일방적으로 후려치는 것뿐 아니라 중마왕들의 합공에도 끄떡없이 버티던 장면까지 목격했다.

그러다 의식을 잃은 건 로이스가 헬자르크를 해치운 후 바탈리아와 슐라흐트를 추격해 화염 결계 속으로 사라졌을

때였다.

그러나 그때의 상황이 대체 꿈인지 생시인지 분간이 안
될 정도로 엉망이 된 그녀였던 터라, 지금도 혼란스럽긴 마
찬가지였다.

"그대는 대체 누구지?"

"난 네가 알고 있는 대로 미스토스 상급 기사 로이스다."

"닥쳐라! 너의 진짜 정체가 무엇인지 말해라. 그리고 미
스토스 용병들은 지금 무슨 일을 꾸미는 것이냐?"

분명 상급 기사들 중 가장 약해 마족 하나도 간신히 상대
할 것 같았던 로이스가 어떻게 중마왕들을 쓰러뜨릴 수 있
었는지 의문이었다.

그리고 그보다 더욱 기막힌 건 미스토스 용병들의 배신
이었다.

중마왕들이 분명 미스토스 상급 기사들을 강제 귀환시키
며 그들에게 고맙다고 했었기 때문이다.

"무슨 소리를 하는 거냐? 기껏 죽어가던 걸 구해 줬더니
고맙다는 소리는커녕 내 정체를 의심하는 건가?"

로이스가 못마땅한 표정으로 유리안을 내려다봤다.

그는 마왕들과 싸울 때도 유리안에게 충격이 가지 않도
록 나름대로 애를 썼었다. 유리안이 없었다면 더 수월하게
마왕들을 해치웠을 것이다.

그런데 막상 정신을 차린 유리안의 반응이 차갑자 어이가 없었다.

"여러모로 용자들이 실망스럽군. 마왕들이 함정을 파 놓은 것도 모른 채 이곳에 온 것도 그렇고 말이야."

"함정이라고? 그 함정을 판 건 너희 미스토스 용병들이 아니냐?"

"그게 무슨 소리지?"

"중마왕 슐라흐트가 말하는 걸 똑똑히 들었어. 그가 미스토스 상급 기사들에게 고맙다는 말을 전하라고 했다."

"고맙다는 말을 전해?"

"그렇다. 분명 너희 미스토스 용병계의 누군가 우리 용자들을 배신하고 마왕들과 결탁을 한 거야. 그렇지 않았다면 마왕들이 우리 작전을 다 알고 있을 리가 없어. 그놈들은 이곳에 누가 오는지까지 모두 파악하고 있었다."

그 말을 들은 로이스의 안색이 굳어졌다.

하긴 뭔가 이상하긴 했다. 명색이 상급 용자나 되는 이들이 이토록 어이없게 당한다는 건 말도 안 되는 일이니까.

'정말로 용병계에서 누가 배신을 한 건가?'

아직 속단할 수는 없지만 만약 정말로 그런 일이 벌어졌다면 그가 누구든 로이스는 용서하지 않을 것이다.

"어떤 놈인지 모르지만 만약 그런 놈이 용병계에 있다면 내 손으로 죽인다. 미스토스로 부활도 못하게 영원히 소멸시켜 버릴 것이다."

로이스의 두 눈에서 섬뜩한 한광이 폭사되었다.

중마왕들을 처치한 후 얕보이기 전술을 다시 펼치지 않은 터였다.

그러다 보니 지금 그가 분노하자 가공스럽기 이를 데 없는 포식자의 위압 8단계가 발동되고 말았다.

"으……!"

순간 유리안의 안색이 창백하게 질렸다.

그런 그녀의 모습을 보고 로이스는 쓴웃음을 지으며 고개를 흔들었다.

"겁먹을 것 없어. 난 용자를 해치지 않아. 나의 이 분노는 마왕들과 배신자들을 향할 뿐이니까."

"……"

유리안은 힐끔 로이스를 바라보며 복잡한 표정을 지었다.

'그래. 이자가 마왕들과 결탁했다면 마왕들을 죽였을 리 없어. 정체는 알 수 없지만 결코 마왕과 한패는 아닐 거야.'

그사이 로이스는 다시 얕보이기 전술을 펼쳤다. 그러자 그의 기세가 다시 평범하게 보였다.

"너도 지금 보았다시피 난 남들을 겁주고 싶지 않아서 일부러 기세를 감추고 있다. 다들 내 눈치를 살피면서 겁먹는 꼴을 보는 건 기분 좋은 일이 아니거든."

"아! 그래서 그런 것이었나."

유리안은 그제야 약해 보였던 로이스가 별안간 강한 기세를 뿜어낼 수 있었던 이유를 이해했다. 그녀는 길게 한숨을 내쉬더니 이내 비틀거리며 일어나 정중한 표정으로 허리를 숙였다.

"구해 줘서 정말 고맙다, 미스토스 상급 기사 로이스! 꼼짝없이 죽는 줄 알았는데 이렇게 살아 있다니 꿈만 같군. 다른 용자들에게 미안한 마음뿐이지만."

그녀는 눈물을 주룩 흘리며 말을 이었다.

"그래도 그대가 중마왕들을 해치운 것은 정말 대단한 성과였다. 희생된 용자들도 세 명의 중마왕들이 죽은 것을 알면 자신들의 죽음이 결코 헛되지 않았다고 생각할 것이다."

눈물로 젖어 있는 유리안의 두 눈엔 죽은 용자들에 대한 애도의 감정이 가득했다. 그녀는 다시 고개를 숙이며 말했다.

"그리고 잠시 그대를 오해해서 미안하다. 나를 용서해라."

그러자 로이스는 고개를 흔들었다.

"괜찮으니 신경 쓰지 마라. 다른 용자들이 죽은 건 안타까운 일이지만 그래도 그들의 부하들은 살아 있어."

로이스는 손을 들어 멀리 수만의 군대가 모여 있는 곳을 가리켰다.

화염 결계가 사라졌을 뿐 아니라 이곳 마계가 로이스의 권역이 됨으로 인해 시야를 가렸던 흑막들도 사라졌다.

그로 인해 멀리 용자의 기사들이 이끌고 있는 부대들의 모습이 선명히 보였다.

"아! 저들이 모두 살아 있다니!"

유리안은 반색했다. 저들 중에는 그녀의 부하들도 있었다.

그녀 휘하의 기사들 중 최강이라 할 수 있는 이들이었다.

절망 가득했던 그녀의 표정에 비로소 희망이 솟아났다.

'그래. 지금 내가 이러고 있을 때가 아니야.'

마왕들의 공격에 용자의 성이 부서졌지만 다행히 그녀에게는 막대한 양의 미스토스가 남아 있었다.

이걸 사용하면 부서진 성터로 돌아가 성을 다시 세울 수 있을 뿐 아니라, 죽은 총사와 부하들도 되살릴 수 있었다.

로이스 또한 그것을 알고 있는 터라 유리안의 한쪽 어깨를 붙잡고 말했다.

"오늘 일로 절망하지 마라, 유리안! 적어도 용자라면 더 강해져서 두 번 다시 마왕들 따위에게 당하지 않겠다고 다짐해야 돼."

유리안이 미소 지었다.

"네 말이 맞다, 로이스. 난 최대한 빨리 성을 복구하고 오늘 일을 절대용자들에게 보고할 생각이야."

"그럼 난 미스토스 용병계로 돌아가 대체 어떤 놈이 배신했는지 알아내겠다."

그러자 유리안이 잠시 고심하는 듯하더니 로이스를 쳐다보며 말했다.

"그 전에 혹시 여유가 되면 날 도와줄 수 있을까?"

"무슨 일인데?"

"이건 내가 그대에게 주는 개인적인 의뢰야. 용자의 성을 다시 세우려면 그곳을 점령한 마왕의 부대와 전투를 벌여야 해. 미스토스 보상은 섭섭하지 않게 줄 테니 그들을 물리쳐 줬으면 한다."

그러자 곧바로 군주의 목걸이가 반짝였다.

[용자의 용병이 되면 대량의 미스토스를 획득할 수 있는 기회를 얻게 됩니다.]
[당신은 용자 유리안의 용병이 되는 것을 수락하

겠습니까?]
　　[수락한다./거절한다.]

"그런 의뢰라면 얼마든지 수락하겠다."
로이스는 흔쾌히 웃으며 고개를 끄덕였다.
그러자 다시 군주의 목걸이가 빛났다.

　　[당신은 용자 유리안의 용병이 되었습니다.]
　　[그러나 용병 계약은 당신을 구속하지 않습니다.]
　　[당신이 원하면 언제든 용병 계약을 해지할 수
있습니다.]

곧바로 찬란한 광채가 로이스의 몸을 휘감았다.

　　[미스토스 상급 기사로서 용자의 용병이 된 당신
에게 특별한 축복이 임합니다.]
　　[빛나는 투혼의 날개를 얻었습니다.]

　* 빛나는 투혼의 날개
　─미스토스 세계에서 아주 드물게 나타나는 특
별한 축복.

—당신의 생명력이 하락할수록 공격력이 증가함. 생명력이 많이 하락할수록 공격력은 더 많이 증가함.

　　—용자 유리안과 용병 계약이 지속되는 한 이 축복은 계속됨.

"오!"

로이스의 두 눈이 휘둥그레 커졌다.

생명력이 떨어질수록 공격력이 증가하는 축복이라니!

그렇다면 강적을 만났을 때 매우 유용할 것이다.

그때 유리안 역시 로이스에게 특별한 축복이 펼쳐진 것을 보고 놀란 표정이었다.

"특이한 일이군. 지금껏 이런 용병 계약을 수도 없이 해 봤지만 축복이 펼쳐진 건 처음이다."

"내가 좀 원래 특이하긴 하지."

로이스는 흐뭇하게 미소 지었다. 유리안도 웃었다.

"그대가 이 의뢰를 성공적으로 마치면 미스토스를 소모해 축복 인장도 펼쳐 주겠다, 로이스."

"그래 준다면 무척 고맙지."

"천만에! 고맙다는 말은 내가 오히려 그대에게 천 번은 더 해야 할 거야. 그리고 축복 인장은 특별한 인연이 닿아야만 펼쳐지는 축복이라 그대가 자격이 되지 않았다면 내가 주고 싶어도 줄 수 없었을 것이다."

"그래도 고마운 건 고마운 거다."

로이스는 만면에 미소를 가득 지었다. 지금 군주의 목걸이가 알려 주는 내용 때문이었다.

[용자 유리안이 당신의 능력을 인정했습니다.]

[임무 조건] 7명의 용자에게 능력을 인정받는다. 4/7
—용자 아시엘에게 능력을 인정받았음.
—용자 칼리스에게 능력을 인정받았음.
—용자 데니아에게 능력을 인정받았음.
—용자 유리안에게 능력을 인정받았음.
—???
—???
—???

드디어 또 한 명의 용자에게 인정을 받게 된 것이다.

[임무] 미스토스 군주가 될 자격을 증명하라
—7명의 용자에게 능력을 인정받는다. 4/7

'이제 세 명에게만 더 받으면 되는군.'

미스토스 군주가 될 날이 점점 더 가까워지고 있었다.

"그럼 이제 너의 성이 있는 곳으로 안내해라, 유리안."

그러자 유리안이 조금은 난감해하는 표정으로 말했다.

"솔직히 말하면 지금 나는 성이 부서진 상태라 나의 부하들과 함께 이동할 수 없다. 저들을 모두 이동시키려면 미스토스가 너무 많이 소모되기 때문이야. 따라서 나와 그대 둘만 이동해 성터를 되찾아야 한다. 그래도 상관없나?"

본래라면 매우 난이도가 높은 의뢰인 터라 미스토스 상급 기사 한 명에게 의뢰할 만한 일이 아니었다.

로이스는 뭐가 걱정이냐는 듯 담담히 고개를 끄덕였다.

"상관없으니 어서 포탈이나 열어. 그리고 저들은 안심해도 돼. 여긴 나의 권역이 되었으니까."

"권역? 마왕의 마계를 너의 소유로 만들었다는 건가?"

"그래. 마궁도 접수했으니 여긴 나의 권역이다."

"그럴 리가! 어떻게 그게 가능한 거지?"

유리안이 기막혀하는 표정을 지었다. 그러자 로이스도 고개를 갸웃했다.

"이게 대단한 일인가?"

"물론이야. 나로서는 처음 듣는 얘기다. 마왕을 이겼다고 마궁을 접수할 수 있었으면 지금쯤 나도 꽤 여러 개의 마궁과 마계를 가지고 있을 거야."

"그럼 마왕의 날개는?"

"날개라니?"

"마왕을 죽이면 날개의 주인이 될 수 있는 것 아닌가?"

"말도 안 되는 소리! 그런 게 가능할 리 있겠어?"

유리안은 기막혀하는 표정을 지었다.

"그런 거였나?"

로이스는 실소를 흘렸다. 누구나 마왕을 해치우면 날개를 챙기고 마궁도 접수할 수 있는 줄 알았다. 그런데 지금 유리안의 반응을 보니 전혀 그렇지 않은 모양이었다.

'나에게만 가능한 능력이라면 아마도 군주의 목걸이 때문이겠지.'

로이스를 미스토스 군주의 길로 이끌어 주는 운명의 목걸이!

이것이 가진 신비한 능력이 그 같은 일을 가능하게 만든 것임을 로이스는 비로소 직감했다.

"어쨌든 난 그게 가능해. 따라서 다크 포탈을 열어 주는 것도 어렵지 않아."

마왕을 죽이고 날개와 마궁을 얻는 데다 심지어 다크 포탈까지 열 수 있다니!

유리안은 뭔가 혼란스러운 표정으로 로이스를 쳐다봤다. 혹시 로이스가 마왕이 아닌가 의심이 들었기 때문이다.

"그대는 혹시 마왕인가? 하긴, 그대는 결코 마왕일 리가 없지. 마왕이 마왕을 죽일 리는 없을 테니까. 그것도 대마계의 핵심 전력 중 하나인 중마왕들을 말이야."

"난 그저 미스토스 상급 기사일 뿐이니 걱정 마라. 세상의 모든 마왕을 죽이는 것이 나의 목표야. 불칸 또한 내 손에 죽을 것이다."

"멋진 포부야!"

유리안은 불칸까지 죽이겠다는 로이스의 말에 감탄을 금치 못했다.

그녀가 알기로 미스토스 군주들은 물론 절대용자들도 저처럼 자신 있게 말하지 못한다!

그러나 로이스는 너무도 자신만만했다. 물론 그녀는 왠지 로이스의 그런 모습이 싫지 않았다. 로이스가 말했다.

"그럼 빨리 포탈이나 열어라."

"알았어."

유리안은 그녀의 거점이었던 헬트 성 인근으로 향하는 포탈을 펼쳤다.

츠으으윗!

이는 미스토스를 소모해 만든 소형 포탈로 그녀와 로이스만 이동이 가능했다.

"됐어! 저 안으로 들어가면 헬트 성 앞으로 이동할 거야."

"좋아."

로이스는 즉시 포탈로 진입했다.

화아아악!

환한 빛무리가 시야를 뒤덮었다가 사라지자 주변은 마계 못지않은 어둑한 황무지로 바뀌어 있었다.

동시에 앞쪽에 결계와 같은 시커먼 어둠이 펼쳐져 있었는데 그곳으로부터 제법 강력한 마기가 느껴졌다.

뒤따라온 유리아의 두 눈이 차갑게 빛났다.

"예상대로 마왕급의 존재가 있어."

"맞아. 두 명이네."

로이스는 고개를 끄덕였다.

결계 안에는 하급 마왕 두 명이 똬리를 틀고 있었다. 수십 명의 마족들과 1만이 넘는 마물들도 보였다.

유리아가 분통을 터뜨렸다.

"저 마왕 놈들이 이곳을 마계로 만들 생각이군. 감히……!"

마왕들이 각각 자신들의 마계와 이곳을 연결시킨 상태이다 보니 점점 이 근처가 마계화되어 가고 있었다.

이대로 두면 마계는 계속 확장되어 용자 유리안이 지키던 대륙까지 모두 마계로 변하고 말 것이다.

"저놈들은 내게 맡겨라, 유리안."

"후훗, 로이스! 나도 상급 용자야. 저런 하급 마왕 녀석들에게 당할 만큼 만만한 실력은 아니거든."

유리안이 로이스를 고용한 것은 혹시 모를 강적 즉, 중마왕 급의 존재가 있을 때를 대비한 것이었다. 상급 용자인 그녀는 하급 마왕 정도는 두려워하지 않을 만한 전투력을 가진 존재였으니까.

그러나 로이스가 다른 건 몰라도 마왕을 양보할 리는 없었다.

"의뢰를 한 건 너야. 이 일은 내가 해결한다."

그는 순식간에 어둠의 결계 속으로 파고들었고 그대로 마왕들을 향해 돌진했다.

촤악! 번쩍—

어둠으로 물든 하늘에 찬란히 번쩍이는 은빛 날개가 펼쳐지는 순간.

그야말로 눈 깜짝할 순간에 두 명의 마왕이 두 쪽이 나 버렸다.

"크아아아악!"

"우아아아악!"

4단계 중마왕의 마력 날개로 펼치는 윙 블레이드의 가공할 속도!

　하급 마왕 카자스와 루트라는 피하겠다는 생각조차도 못한 채 파란만장한 마생들을 마감했다.

　　[미스토스 842카퍼스를 얻었습니다.]
　　[미스토스 929카퍼스를 얻었습니다.]

　'뭐야? 이게 다냐?'

　그래도 두 명의 마왕을 해치웠는데 레벨이 오르지 않다니!

　심지어 윙 블레이드 전술도 그대로였다.

　　[마왕의 암흑 날개를 얻었습니다.]
　　[마왕의 붉은 날개를 얻었습니다.]

　그래도 하급 마왕의 날개 두 개는 챙겼다.

　본래 있던 두 개와 합치니 모두 네 개!

　그것들을 일단 아공간에 넣어 두었다.

　　[당신이 지배 가능한 마궁은 도합 21곳이며, 이미 10곳을 지배 중입니다.]

[마왕 카자스의 마궁과 마왕 루트라의 마궁을 접수하겠습니까?]

[접수한다./그냥 놔둔다.]

"둘 다 접수한다."

또 두 개의 마궁이 굴러들어 왔다. 이로써 대마계에 존재하는 12개의 마계가 로이스의 권역이 된 것이다.

[마궁들의 이름을 지어 주십시오.]

'이름이라? 뭐로 하지?'

그러다 로이스는 일일이 새로운 이름을 짓기 귀찮다는 생각이 들었다.

"카자스! 루트라!"

그래서 그냥 마왕들의 이름을 그대로 쓰기로 했다.

그러면 앞으로도 이름을 짓느라 고민할 필요가 없으리라.

[마궁 카자스가 당신을 주인으로 인식합니다.]
[마궁 루트라가 당신을 주인으로 인식합니다.]

그런데 그 순간 로이스에게 말을 걸어온 건 마궁 카자스와 루트라가 아니었다.

—하핫, 로드! 하급 마궁 하나만 주십시오.
—라비쓰…… 헙! 저에게 주십시오, 로드!

다름 아닌 중마궁 칼리스와 라개드였다. 심지어 중마궁 아시엘도 은근슬쩍 로이스를 떠보았다.

—로드, 하급 마궁은 얼마든지 저에게 맡겨 주셔도 괜찮아요. 전 통솔에는 자신 있거든요.

이렇게 중마궁들이 나서자 하급 마궁들은 아무 말도 하지 않았다.

항상 자신만만한 태도로 말을 걸어왔던 마궁 아이리스도 조용했다.

로이스로서는 잘됐다 싶었다.

하급 마궁들이 한둘이 아닌데 그것들의 말을 모두 들어주려면 정신이 사나워 견딜 수 없었을 테니까.

"마궁 카자스는 칼리스가 맡고, 마궁 루트라는 라개드가 맡아라."

중마궁 아시엘에게는 지난번에 하급 마궁들을 잔뜩 맡겼으니, 새로운 하급 마궁들은 칼리스와 라개드에게 주기로 했다.

—하핫! 저에게 맡겨 주셔서 감사합니다, 로드!
—라…… 큽! 열심히 하겠습니다, 로드!

그사이 성터를 두르고 있던 어둠의 결계는 사라졌다.

또한 마족들과 마물들 중 다수가 로이스의 마궁들의 휘하로 들어왔다. 나머지는 사방으로 도주해 흩어져 버렸다.

마왕들을 죽인 로이스에게 대적하겠다는 무모한 마족이나 마물은 하나도 없었다.

로이스는 유리안을 쳐다봤다.

"어때? 이 정도면 대충 정리가 된 것 같은데?"

그러자 유리안은 멍한 표정을 지었다.

'아무리 하급 마왕들이라 해도 절대 만만한 녀석들이 아닌데 그리 쉽게 해치우다니!'

두 눈으로 보면서도 믿기 힘들었다.

더구나 마족들과 마물들도 순식간에 사라져 버렸다.

그녀는 마치 괴물 보듯이 로이스를 바라보며 말했다.

"그래도 꽤 시간이 걸릴 거라 생각했는데 대단하구나!"

"약한 녀석들이었으니 대단할 건 없어. 이제 성을 다시 세워라, 유리안. 그리고 두 번 다시 오늘처럼 성을 빼앗기지 마라."

"물론 그래야지."

유리안은 감개무량해 하면서도 비장한 표정으로 고개를 끄덕였다.

'지체할 때가 아니야.'

곧바로 그녀는 미스토스의 기운을 소모해 한 명의 존재를 부활시켰다.

Chapter 3
청년 라크아쓰

화아아악!

푸른색 뿔테 안경을 쓴 말끔한 인상의 청년.

그가 바로 유리안의 총사 비느엘이었다. 되살아난 그를 보며 유리안은 반색했다.

"비느엘! 우리가 이렇게 다시 볼 수 있게 됐구나. 정말 다행이야."

"유리안 님! 대체 어떻게 된 일입니까?"

"일단 성을 복원하는 게 우선이겠지. 자세한 건 그 이후에 설명해 주겠다. 성에서 죽은 이들도 모두 부활시키도록 해."

"알겠습니다."

비느엘의 표정도 금세 환해졌다. 그는 즉각 성을 복구하는 작업을 시작했다.

휘이이이!

세찬 바람이 몰아쳐 성터의 지저분한 것들을 모두 날려버렸다.

이어서 성터 주위를 빙 둘러 환한 광채의 벽이 세워졌다.

그리고 잠시 후.

광채의 벽이 사라지자 폐허로 변했던 성터 위에는 거대하고 멋들어진 성이 세워져 있었다.

내성 바깥으로 무려 7개의 외성이 둘러져 있는 거대한 성!

이곳이 바로 상급 용자 유리안의 거점인 헬트 성이었다.

"와아아아! 유리안 님이 돌아오셨다!"

"용자 유리안 님이 귀환하셨다!"

마왕들의 공격에 의해 죽었던 이들이 미스토스의 힘으로 부활했다.

그들이 환호하는 소리가 마치 폭풍처럼 요란하게 사방을 울렸다.

'모두 살아나서 다행이구나.'

로이스는 그 모습을 뿌듯한 미소를 지으며 바라봤다.

'그럼 용자의 부하들을 이곳으로 데려와야겠지.'

곧바로 그는 초대형 다크 포탈을 열었다.

그로 인해 중마궁 아시엘의 마계 권역에 있는 용자의 부하들이 헬트 성 앞에 모습을 드러냈다.

그들은 상급 용자 휘하에서도 최강의 부하들.

유리안의 부하들은 감격과 환희에 젖어 있었지만, 다른 이들은 모두 절망스러운 기색이었다.

그들의 용자가 죽었기 때문이다.

용자가 죽으면 용자의 성은 물론이고, 죽은 이들도 부활할 수 없다.

용케 살아 있는 이들은 갈 곳을 잃어버린 방랑자가 되고만 것이다.

"슬퍼하지 마라! 그들의 죽음은 결코 헛되지 않았다. 그들을 죽인 중마왕 슐라흐트는 미스토스 상급 기사 로이스에 의해 죽임을 당했고, 또 다른 중마왕 바탈리아와 헬자르크도 죽었다. 이제 그대들은 슬퍼하기보다 모두 함께 힘을 합쳐 사악한 마왕들과 싸워 나가야 할 것이다."

유리안이 그들을 향해 크게 외쳤다. 그녀는 상급 용자답게 위엄 있는 표정으로 말을 이었다.

"하나의 세계를 지키던 용자가 사라지면 반드시 그 용자의 뒤를 이을 새로운 용자가 나타나게 되어 있다. 그대들은 그 운명을 타고난 용자를 최대한 빨리 찾아야 하리라. 나는 그 새로운 용자들이 자리를 잡을 수 있도록 최선을 다해 지원하겠다."

"와아아아!"

"유리안 님의 말씀 명심하겠습니다!"

"힘을 주셔서 감사합니다, 유리안 님!"

"용기를 내서 새로운 용자를 찾아보겠습니다."

유리안의 말에 모두가 환호했다.

로이스는 그 모습 또한 흐뭇하게 바라봤다.

'그렇지. 바로 저래야 용자인 거야.'

로이스가 좋아하는 용자의 모습을 지금 유리안이 보여 주고 있었던 것이다.

한편 그렇게 헬트 성이 완전히 복구되자 내성에 하나의 포탈이 생성되더니 그 안에서 아이리스가 나타났다.

"로드!"

"아이리스! 어서와."

"이곳은 어디죠?"

"상급 용자 유리안의 헬트 성이야."

로이스가 유리안과 개인 용병 계약을 하자 루비아나 성에서 이곳으로 향하는 포탈이 자연스럽게 생성된 것이었다.

아이리스 이외에 다른 부하들도 모습을 드러냈고 그들은 모두 헬트 성의 웅장한 규모에 놀랐다.

"여긴 규모가 매우 크군요."

"헤헤! 특별히 저희의 도움은 필요 없겠는데요?"

"미스토스도 충분한 곳 같으니 알아서 잘할 것 같군요."

로이스가 미소 지으며 고개를 끄덕이다가 힐끗 라크아쓰를 쳐다봤다.

"너 그 모습은 뭐냐?"

놀랍게도 라크아쓰가 인간처럼 변신해 있었다. 푸른 머리를 가진 평범한 인간 청년의 모습이었다. 그는 머리를 긁적이며 대답했다.

"성장의 열매 덕분에 점점 강해지더니 어느 날 이런 변신 능력이 생겨났습니다. 본신으로 돌아다니면 겁을 먹는 이들이 많아서 이러고 다니고 있지요."

그러고 보니 라크아쓰는 처음 로이스의 부하가 되었을 때에 비해 수십 배는 더 강해진 터였다.

계속해서 강해지고 있다는 것은 알고 있었지만 사람으로 변신할 수 있는 능력까지 갖춘 영물이 되어 버릴 줄이야. 모르는 사람이 보면 진짜 사람인 줄 알 것 같다.

"뭐 나쁘진 않구나."

로이스는 청년 라크아쓰의 어깨를 두드려 주었다.

"그간 네가 열심히 했다는 증거겠지. 수고 많았어."

"으하핫! 앞으로 더 열심히 하겠습니다."

라크아쓰로부터 거친 몬스터의 괴성이 아닌 인간 청년의 음성이 나오니 뭔가 어색하게 느껴지기도 했다. 무엇보다 그 특유의 웃음소리도 달라진 상태였으니까.

그래도 확실히 저 모습이면 어디를 가든 몬스터라 경계를 받지는 않을 것이다.

로이스는 부하들을 하나씩 격려해 주며 말했다.

"모두들 새로운 성에 왔으니 실컷 구경하다 가도록 해."

"네, 로드!"

"이곳엔 제법 강한 기사들이 많이 보이는군요, 로드."

"헤헷! 그럼 저도 구경 좀 하겠습니다요."

로디아는 마전함의 개조에 도움이 되도록 헬트 성의 도서관과 마법 상점을 둘러봤고, 스텔라와 루니우스는 무기나 방어구점, 훈련소 등을 돌아보는 등 각자가 관심 있는 장소로 흩어졌다.

라크아쓰는 포목점과 잡화점 근처에서 서성였고, 란델은 별다른 관심이 없는지 로이스에게 인사를 하고 곧장 루비아나 성으로 귀환했다.

그사이 아이리스는 로이스에게 마계에서 벌어진 일들을 귀 기울여 자세히 듣고는 그녀가 생각한 바를 말했다.

"용병계에 배신자가 있다니 놀라운 일이군요. 하지만 마왕들의 이간계일 수도 있어요."

"이간계라고?"

"용자들과 미스토스 용병계가 서로를 불신하게 만들려는 수작이죠. 그렇게 되면 마왕들은 수월하게 용자들을 상대할 수 있을 테니까요."

로이스는 아이리스의 말이 일리가 있다는 생각이 들었다.

"맞아. 마왕들이라면 충분히 그런 잔머리를 굴리고도 남겠지. 그래도 어딘가 배신자가 있는 건 분명해. 그렇지 않았으면 용자들의 작전들을 마왕들이 완벽하게 알고 있을 리는 없잖아."

"저도 그렇게 생각해요. 다만 이번 일로 용자들과 미스토스 용병계의 사이가 틀어져서는 안 될 텐데 걱정이군요. 용자들은 용병들을 의심하겠지만, 반대로 용병들은 용자들을 의심할 수도 있어요. 용자들 중에 배신자가 있을 수도 있으니까요."

듣고 보니 매우 심각한 일이 아닐 수 없었다.

"그렇게 되지 않도록 해야겠지. 그보다 지금은 아시엘과 유리안이 동맹을 맺게 해야겠어."

"그럼 아시엘 님뿐 아니라 다른 용자들도 모두 이곳과 동맹을 맺게 하실 건가요?"

"물론이야."

로이스는 자신과 인연이 닿은 용자들은 가능한 서로 동맹을 맺도록 할 생각이었다.

그럼 자연스레 루비아나 성과 연결이 되기 때문이다.

그때 유리안이 로이스에게 다가왔다.

"로이스! 이곳에서 뭘 하는가?"

"마침 잘 왔어, 유리안."

로이스는 그녀를 불러 자신의 생각을 밝혔다. 유리안이 놀란 표정을 지었다.

"나보고 그대가 아는 용자들과 동맹을 맺으라는 건가?"

"아시엘과 칼리스, 데니아는 모두 훌륭한 용자들이야. 물론 네가 원하지 않으면 강요하지 않겠다."

유리안은 흔쾌히 고개를 끄덕였다.

"원하지 않을 리가 있을까? 로이스 그대가 추천하는 동맹이라면 난 언제든 환영이다."

상급 용자인 그녀로서는 하급 용자들과의 동맹이 사실상 큰 실익이 없었다. 어찌 보면 그녀가 지켜 줘야 할 부담스러운 존재라 할 수 있기 때문이다.

그러나 그녀는 본래부터 하급 용자들을 위해 도움을 주는 걸 망설이지 않았다.

단 한 명의 용자라도 더 살아남아 강해져서 마왕들과 대적해야 용자들의 진영이 강화되기 때문이었다.

이는 그녀뿐 아니라 제대로 된 마음을 가진 용자라면 당연히 가져야 할 마음가짐일 것이다.

곧바로 유리안은 아시엘 등에게 보내는 그녀의 친서를 작성했다.

"이 서신에는 용자 아시엘, 용자 칼리스, 용자 데니아에게 동맹을 원하는 나의 뜻이 적혀 있다. 부디 좋은 소식이 돌아오기를 기다리겠다."

유리안이 내미는 두루마리를 받은 로이스는 그것을 아이리스에게 건넸다.

"이건 네게 맡기겠다, 아이리스."

"네, 맡겨 주세요."

아이리스는 서신 두루마리를 받아 들고 자신 있게 웃었다.

"릴리아나 님이 로드께 시간이 되면 꽃밭에 좀 들렀다 가라는 말을 전해 달라 부탁하셨어요. 로드께서 유액을 드신 지 오래 되셨다고요."

"그래? 깜빡하고 있었군. 곧 간다고 전해 줘."

꽃밭에 잠깐 들르는 거야 오래 걸리는 일이 아니다. 릴리아나의 정성을 봐서라도 유액은 가능하면 자주 먹도록 해야 할 것이다.

"그럼 전 이만 루비아나 성으로 귀환한 후 먼저 아스피스 성부터 시작해 차례로 용자의 성들을 방문하겠어요."

"그래. 수고해."

로이스가 고개를 끄덕이자 아이리스는 즉각 포탈을 타고 루비아나 성으로 이동했다.

"여긴 이제 대충 안정된 것 같으니 잠시 후 나도 가 보겠다, 유리안."

데니아의 경우에는 로이스가 며칠 머무르며 미스토스도 쌓아 주고 했지만, 유리안은 그럴 필요가 없었다.

그사이 로이스의 다른 부하들도 헬트 성을 둘러본 후 모두 루비아나 성으로 귀환한 터였다.

유리안은 매우 아쉬워하는 표정으로 로이스를 바라봤다.

"정말 고마웠다, 로이스. 앞으로도 종종 어려운 일이 생기면 그대에게 개인적으로 의뢰해도 될까?"

"물론이야. 시간이 되면 얼마든지 도와주지."

"고마워. 그 말을 들으니 마음이 놓이는구나."

"그보다 한 가지만 당부하겠다."

"뭐든 말해 봐. 경청할 테니."

"이번 일로 너희 용자들이 섣불리 미스토스 용병계와 거리를 두게 되면 앞으로 용자들이 마왕들과 싸울 때 무척 불리해질 거야. 마왕들의 이간계일 수도 있으니 조심해라."

그러자 유리안이 수심 어린 표정으로 고개를 끄덕였다.

"실은 나도 그것을 염려하고 있다. 그대가 말한 대로 앞으로 용자들은 미스토스 용병계를 신뢰하지 않을 가능성이 높아. 설령 마왕들의 농간이라 해도 배신자가 있지 않고는 절대 마왕들이 우리의 작전을 다 알고 있을 수 없기 때문이야."

"그럼 배신자만 찾아내 없애고 다시 뭉쳐야지."

"그게 쉬운 일이 아니라서. 상황을 살펴봐야 하겠지만 이번에 얼마나 많은 상급 용자들이 죽었을지 알 수 없거든."

어쩌면 상급 용자들 대부분이 죽었을 가능성도 높았다. 이는 매우 심각한 상황이었다.

"솔직히 말하면 나도 미스토스 용병계라면 이가 갈린다. 로이스 그대만 빼고 아무도 못 믿겠거든."

"언제든 나의 도움이 필요하면 루비아나 성으로 연락해라."

그러자 유리안은 환한 미소를 지었다.

"고맙다. 그럼 약속대로 그대에게 축복을 펼쳐 주도록 하겠다."

용병 계약은 곧바로 해지되었다. 로이스와 함께 용자의 대전으로 이동한 유리안은 용좌에 앉아 장엄하게 외쳤다.

"미스토스 상급 기사 로이스! 나 용자 유리안과 헬트 성은 그대의 도움을 영원히 잊지 않을 것이다. 이후로 나의 목숨이 다하는 그날까지 그대에게 미스토스의 특별한 은총이 가득하기를 간절히 기원하노라."

번쩍! 화아아악—

유리안의 용좌에서 찬란한 황금빛이 일어나 로이스의 몸을 휘감았다.

황금빛의 태양 문양!

그것이 로이스의 등에 새겨지더니 이내 투명화되어 사라졌다.

[용자 유리안의 축복 인장을 얻었습니다.]

*용자 유리안의 축복 인장

—마왕으로부터 죽을 위기에서 도와준 미스토스 상급 기사 로이스에게 용자 유리안이 내린 특별한 축복의 징표.

—당신의 생명력이 하락할수록 공격력이 증가함.

—생명력이 많이 하락할수록 공격력은 더 많이 증가함.

—용자 유리안이 철회하지 않는 한 이 축복은 계속 지속됨.

"고마워. 내게 많은 도움이 될 거야."

로이스는 흐뭇하게 웃었다. 유리안이 무슨 소리냐는 듯 고개를 흔들었다.

"내가 그대에게 신세 진 것에 비하면 아무것도 아니다. 앞으로 나의 도움이 필요하다면 언제든 말해라. 그대를 위해서라면 어떤 일이든 가리지 않을 것이다."

로이스는 이로써 모두 네 개의 축복 인장을 받았다. 오늘 얻은 용자 유리안의 축복 인장 이외에 세 개의 축복 인장이 더 있기 때문이다.

　　* 용자 아시엘의 축복 인장
　　—이 징표가 있으면 몬스터 처치 시 얻는 보상이 증가함.

　　* 용자 칼리스의 축복 인장
　　—이 징표가 있으면 당신과 당신의 부하들이 몬스터를 죽일 때마다 소정의 돈이 수호 요정 릴리아나의 창고에 쌓임.

—강한 몬스터를 해치울수록 더 많은 돈을 얻을
수 있음.

＊용자 데니아의 축복 인장

　—하루 한 번 10카퍼스의 미스토스를 소모해 당
신의 모든 상태를 완전하게 회복할 수 있음. 이때는
하락한 맷집, 소진된 미흐가 최대치까지 회복되며
각종 저주 및 속박에서도 벗어남.

이 축복 인장들은 모두 매우 희귀한 능력을 주는 것들이
었다.

전투에 도움이 되는 것뿐 아니라 돈 걱정을 하지 않게 해
주는 것도 있었다.

'뭔가 든든하군.'

무엇보다 용자들을 도와주고 감사의 징표로 받은 것이다
보니 무척이나 뿌듯했다.

＊　　　＊　　　＊

대마계 대마왕성의 대전.

무슨 신나는 일이라도 있는지 대마왕좌에 앉아 있는 불

칸은 만면에 미소를 머금고 있었다.

"이번 작전으로 상급 용자들 대부분을 쓸어버렸다니 아주 수고 많았다, 프리뭄. 너의 지략은 여전히 뛰어나구나."

그러자 푸른 머리의 엘프 미소녀 프리뭄이 득의만만한 미소를 흘리며 대답했다.

"멍청한 용자 놈들이 우리들을 너무 우습게 본 거죠. 중 마왕들을 기습해 제거하려는 가소로운 수작을 부리기에 제가 역으로 밟아 주었을 뿐이에요."

"아직 전면전이 시작되기도 전인데, 용자 진영은 허리를 잘린 것이나 다름없다. 이번 전쟁은 너무 싱겁게 끝나는 것 아닌지 모르겠군."

"뿐만 아니라 미스토스 용병계와 용자들은 이제 서로를 불신하게 될 거예요. 배신자가 누구인지 모르니 섣불리 연합해서 우릴 대적할 수 없겠죠."

"크하하하하! 과연 제1위 상마왕답구나. 그런데 대체 어떤 얼간이 놈을 꼬드겨 용자들의 기습 작전을 알아낸 거냐?"

"그건 바로……."

프리뭄은 슬쩍 다가와 불칸의 귀에만 나직이 속삭였다. 불칸이 의외란 듯 놀라더니 이내 감탄의 표정을 지었다.

"뜻밖의 녀석이군. 하긴 그런 녀석이 배신했으니 저놈들이 당할 수밖에 없었겠지."

그러자 제2위 상마왕 데르테로스가 인상을 구기며 물었다.

"로드! 아니, 프리뭄 님! 그런 걸 귓속말로만 말하시는 게 어디 있습니까? 궁금해서 미쳐 죽겠으니 저희들에게도 좀 알려 주십시오."

그러나 프리뭄은 싸늘히 웃었다.

"그건 자연스레 알게 될 것이다. 그놈의 이용 가치는 아직 많은데 벌써 적에게 노출시킬 필요는 없잖아."

"설마 이 자리에 있는 마왕들을 믿지 못하는 겁니까? 이 중에 배신자라도 있다고 생각하시는 건 아니겠지요?"

"데르테로스! 그럼 넌 나를 믿느냐?"

프리뭄이 묻자 데르테로스는 흠칫하더니 어색하게 웃었다.

"흐흐흐, 저야 물론 프리뭄 님을 믿고 있습니다. 그런데 프리뭄 님은 설마 저를 믿지 않으시는 겁니까?"

"뭐 나도 널 믿고는 있다만 그저 신중하려는 것뿐이야."

그러나 말과 달리 그들의 표정은 전혀 서로를 믿는 기색이 아니었다.

대마계의 마왕들은 어쩔 수 없이 대마왕 불칸 밑으로 모여든 것뿐이다.

아무리 서열이 정해져 있다지만 서로를 신뢰하는 관계는 전혀 아니었다. 불칸을 제외한다면 서로 경쟁 관계이기도 하니까.

그러자 듣고 있던 불칸이 손을 흔들며 말했다.

"프리뭄의 말이 맞다. 이 일은 기밀 사항이니 굳이 모두가 알 필요가 없다."

프리뭄이 안색을 굳힌 채 고개를 끄덕였다.

"지난 용마전쟁 때 이곳 대전에 있는 녀석들 중 누군가 불칸 님을 배신했어요. 그렇지 않았다면 레카온 놈이 그리 쉽게 불칸 님을 찾아 기습해 오지 못했겠죠. 대체 어떤 놈인지 모르지만 이번에는 반드시 찾아야 해요."

순간 불칸의 두 눈에서 섬뜩한 한광이 폭사됐다.

"그러고 보니 내가 그걸 잊고 있었군."

곧바로 그는 대전 아래 시립해 있는 상마왕들과 중마왕들을 차갑게 노려봤다.

츠츠츠츠!

가공스러운 대마왕의 기세를 그대로 드러내며 쏘아보는 시선에 프리뭄을 비롯한 모든 마왕들이 두려워 떨었다.

스윽.

불칸이 프리뭄을 노려봤다.

"혹시 프리뭄 너냐?"

"어, 어찌 저를 의심하시나요?"

프리뭄이 섭섭한 듯 울상을 지었다. 불칸이 고개를 슥 돌려 데르테로스를 노려봤다.

"그럼 네놈이군."

"허억! 저는 절대 아닙니다."

그러자 불칸이 광기 서린 눈빛으로 대전을 다시 훑었다.

"그 누구든 배신자가 될 수 있지. 상마왕들이라고 내 의심에서 벗어날 수는 없다. 그리고 나는 반드시 찾아낼 것이다. 용자들 편에서 나를 배신한 놈이 누군지 말이야. 그리고 그놈을 갈가리 찢어 죽일 것이다."

"……!"

"……!"

상마왕과 중마왕들 모두가 그대로 엎드린 채 아무 말도 하지 못했다.

불칸이 작정하고 화를 내면 그 기세 앞에 상마왕들조차 숨을 쉴 수 없을 만큼 공포스럽기 때문이었다.

그런데 불칸은 일순 언제 그랬냐는 듯 평온한 표정으로 돌아갔다.

그리고는 씩 웃으며 말했다.

"하긴 배신자는 천천히 찾아보면 되겠지."

그러자 프리뭄이 다시 일어나 말했다.

"계속해서 보고드리자면, 이번 작전에서 용자 제라칸이 큰 공을 세웠어요. 그의 부하들이 상급 용자들로 하여금 미스토스를 쓰지 못하도록 하지 않았다면, 대부분 다시 부활하고 말았겠죠."

"그럼 제라칸에게 상을 내려야겠군. 조만간 그를 대전으로 불러들여라."

"네, 로드."

프리뭄은 힐끔 눈치를 보며 말을 이었다.

"다만 좋지 못한 소식도 있어요. 중마왕 슐라흐트, 바탈리아, 헬자르크가 죽었습니다."

"그놈들이 죽은 건 알고 있다. 상급 용자들 중에 그들을 당해 낼 만큼 대단한 녀석이 있다니 뜻밖이군."

불칸은 그다지 놀란 기색이 아니었다. 오히려 대수롭지 않다는 듯한 표정이었다.

하긴 중마왕 셋이 죽은 건 안타까운 일이지만, 대신 상급 용자 수백을 죽였으니 대승도 이런 대승이 없었다.

'문책당할 줄 알고 긴장했는데 다행이네.'

프리뭄은 속으로 가슴을 쓸었다. 그러나 불칸은 워낙 변덕스러운 성격을 가지고 있어 언제 또 이 문제를 가지고 발작할지 알 수 없었다.

그래서 그런 상황을 막기 위해 미리 말했다.

"슐라흐트 등의 죽음은 상급 용자 유리안과 미스토스 상급 기사 로이스란 녀석의 소행이었어요."

"로이스? 이름이 왠지 익숙하군. 언제 들어 본 것 같은데?"

불칸이 고개를 갸웃했다. 그러자 프리뭄이 즉시 대답했다.

"얼마 전 용자 제라칸의 거점 성 하나를 빼앗았다는 그놈이에요."

"그놈이 중마왕을 처치할 정도로 강하다는 건가?"

"그럴 리는 없겠죠. 상급 용자 유리안이 예상 외로 강한 전투력을 가지고 있었던 게 분명해요."

"절대용자로 각성이라도 했다는 건가?"

"아마도 그 직전이라 추정 중이에요. 절대용자가 되었으면 이미 용자들 세계에서 알려졌겠죠."

그 말에 불칸이 인상을 찌푸렸다.

"절대용자에 근접할 정도라면 중마왕 셋을 처치하는 건 어렵지 않은 일이다. 이미 있는 일곱 명도 골치 아픈데 하나가 더 늘어난다니 귀찮게 됐군."

"그래도 유리안의 실력을 미리 알아내서 다행이에요. 계속 실력을 숨긴 채 복병으로 남아 있었으면 어떤 골치 아픈 일이 벌어졌을지 몰라요."

"더 크기 전에 가장 먼저 제거해 버려야 할 존재다. 네게 맡길 테니 반드시 유리안을 제거해라, 프리뭄."

"명을 받들겠어요."

"그리고 그 로이스란 녀석은 어떻게 할 거냐? 그놈은 누가 맡기로 했지?"

"중마왕 중 막내인 탈락티스였어요. 꾸물대고 명을 수행하지 않고 있기에 제가 꾸짖어 보냈습니다."

"생각보다 강한 녀석일지도 모르는데 탈락티스 하나로 감당이 될까?"

프리뭄이 미소 지었다.

"그래서 중마왕 둘을 더 보냈어요."

"최대한 빨리 그곳을 빼앗아 용자 제라칸에게 돌려줘라. 그런 사소한 부탁 하나도 못 들어주고 있다면 대마왕인 내 체면이 뭐가 되겠느냐?"

"네, 그 일은 염려마세요, 로드."

그러자 불칸이 부하들을 훑어보며 크게 외쳤다.

"곧 용자들과 전면전이 시작될 것이다. 모두 마궁들을 정비해 최강의 전력을 갖춰 놓도록 하라."

"명을 받들겠습니다!"

프리뭄을 비롯한 모든 마왕들이 부복했다.

　　　　*　　　　*　　　　*

　용병계로 돌아가기 전 로이스는 먼저 루비아나 성으로
귀환했다.

　릴리아나를 만나 유액도 좀 마시고 그간 별일은 없었나
살펴보기 위함이었다.

　"로이스 님!"

　"릴리아나, 잘 있었어?"

　"저야 항상 잘 있죠. 그보다 그사이 엄청나게 강해지셨
군요."

　수호 요정답게 릴리아나는 로이스의 감춰진 기세조차 모
두 파악하고 있었다.

　"중마왕들도 해치웠거든. 미스토스가 넘쳐날 거야."

　"미스토스뿐이겠어요? 창고에 베카도 가득 쌓였거든요."

　"그래? 얼마나 모였는데?"

　"3억 5천만 베카까진 꼬박꼬박 세어 봤는데 그 후로도
잔뜩 쌓이고 있어요. 날 잡아서 정령들을 불러 다시 세어
볼게요. 하루 종일 돈만 세고 있을 순 없잖아요."

　"3억 5천만 베카?"

　로이스의 두 눈이 휘둥그레 커졌다. 릴리아나가 호호 웃
었다.

"하급 마왕 하나를 해치우면 최소 1천만 베카 정도가 들어오고, 중마왕은 1억 베카 이상이 들어와요. 창고에 앉아 돈 들어오는 것만 봐도 로이스 님이 온갖 마왕들을 해치우고 있다는 걸 그냥 알겠던걸요."

Chapter 4
차원괴류(次元怪流)

"앞으로 돈 걱정할 일은 없겠네."

"그래서 로디아가 신이 나 있어요. 눈치 보지 말고 실컷 쓰라고 했죠."

로이스는 흠칫했다.

"그래도 조심해. 로디아라면 3억 베카쯤은 금방 써 버릴 지도 몰라."

"염려 마세요. 아무리 비싼 재료로 도배를 해도 3천만 베카 이상은 들지 않을 거랬어요."

"그럼 남은 돈으로는 뭐하지?"

"무슨 걱정이에요? 남으면 그냥 쌓아 두면 되죠. 어딘가 돈 쓸 일은 생기겠죠. 없으면 용자들에게 빌려주고 이자를 받아도 되고."

"용자들에게 돈을 빌려줘?"

"샤론 대륙에서 일상적인 장비나 물건들은 베카나 가디로 살 수 있어요. 미스토스는 그보다 상위 차원의 영역에서 필요한 것이죠. 간혹 돈이 급한 용자들은 미스토스를 들여 사기도 하지만 그런 건 절대 현명한 일이 아니에요."

"그렇겠지."

"아무튼 돈은 제가 알아서 잘 관리할게요. 로이스 님은 열심히 버시기만 하세요. 필요한 게 있으시면 뭐든 말씀하시고요."

"알았어."

알아서 잘 관리하겠다는 말처럼 로이스에게 듣기 좋은 소리가 없었다. 릴리아나도 그렇고 마궁들도 그렇고 그런 면에서 로이스에게는 매우 마음에 드는 부하들이었다.

"자, 어서 드세요."

릴리아나는 바구니를 들고 오더니 그 안에서 예쁜 유리 병 하나를 꺼내 건넸다. 바구니에는 그런 병들이 가득했다. 모두 유액이 들어 있는 유리병들이었다.

"와! 꽤 많네."

"그간 모아 뒀어요. 로이스 님이 오시면 드리려고요."

"고마워. 잘 마실게."

로이스는 릴리아나가 모아 둔 유액들을 맛있게 마셨다.

전투력이 증가하거나 그런 건 없었지만 그래도 전신에 활력이 돌고 정신도 맑아졌다.

"다 마셨어."

"수고하셨어요. 이제 이것들을 보여 드릴 차례군요."

"뭔데?"

"마력석들이죠."

릴리아나는 또 다른 커다란 바구니를 로이스 앞에 보여 줬다. 그 안에는 마력석 수십 개가 들어 있었다.

로이스의 두 눈이 휘둥그레 커졌다.

"모두 봉인을 풀었구나."

"후후, 맞아요."

"고생 많았어. 뭐 쓸 만한 거 있어?"

"별거 없어요. 파괴의 마력석과 수호의 마력석들은 이제 로이스 님께는 거의 필요가 없는 물건들이라서."

"그럼 부하들의 장비에 붙여 줘."

"네, 좋은 생각이군요."

부하들이 강하면 미스토스를 아낄 수 있는 정도가 아니라 알아서 미스토스가 많이 쌓여 간다. 마력석들을 이용하면 부하들의 전투력을 대폭 올려 줄 수 있을 것이다.

"그리고 이건 투혼의 마력석이에요. 희귀해서 그런지 딱 하나 나왔네요."

투혼의 마력석은 먹기만 해도 전투력이 강해진다.

레벨은 오르지 않지만 맨손 전투 관련 능력이 대폭 상승하는 효능이 있었다.

오물오물.

로이스는 즉각 투혼의 마력석을 입에 털어 넣었다.

[······.]

그러나 아무런 반응이 없었다.

"안 오르는데?"

"하나로는 어림도 없겠죠. 로이스 님의 전투력이 높아서 그래요. 그래도 어느 정도는 도움이 되었을 걸요."

"하긴."

로이스는 고개를 끄덕이고는 아공간에서 봉인된 마력석들을 대거 꺼내 릴리아나에게 보여 줬다.

와르르르!

언뜻 봐도 수백 개는 되어 보였다.

릴리아나의 입이 쩍 벌어졌다.

"이게 다 뭐죠?"

"그간 모아 둔 거야. 심심할 때 천천히 봉인을 풀어 봐."

"호호호, 확실히 심심할 때 시간은 잘 가겠네요."

릴리아나는 환하게 웃었지만 한편으로 한숨을 푹 내쉬는 기색이 역력했다. 이전보다는 훨씬 쉬워지긴 했지만 이 봉인을 푸는 것은 그녀에게 가장 귀찮은 작업이었기 때문이다.

"참, 그거 아세요? 마궁에 이것들을 심으면 마족으로 태어난다는 걸요."

그 말에 로이스의 두 눈이 휘둥그레 커졌다. 구슬이 무슨 씨앗도 아닌데 그것을 심으면 마족이 태어난다니.

"그런 것도 가능해?"

"본래 이것들은 마족들이 가진 힘의 근원에서 비롯된 것이거든요. 마력석이 씨앗 역할을 해서 마족들을 태어나게 해요. 마기가 비옥한 마궁에서는 하나의 마력석에서 다수의 마족이 태어나는 경우도 있죠. 일설에 의하면 아주 드문 확률로 마왕이 태어난다고도 하지만 그건 좀 가능성이 낮은 일이에요. 하지만 정말 마왕이 태어난다면 로이스 님은 마왕을 부하로 부릴 수 있게 되겠죠. 씨앗에서 태어난 녀석들은 무조건 로드에게 충성하니까요."

그 말에 로이스는 귀가 솔깃했다.

"이번에 중마궁을 셋이나 접수했어. 하급 마궁들에 비해 마기가 꽤 강력하던걸?"

"잘됐군요. 그럼 장비로 쓸 만큼 빼 두고 나머지 마력석들은 중마궁들에게 맡겨 두면 권속 마족들이 엄청 많아질 거예요. 마력석의 씨앗이 자라나 마족이 되는 시간은 오래 걸리지 않거든요."

로이스는 그럴듯하다는 생각이 들었다.

"그래. 마력석도 이제 별로 쓸 일이 없으니 차라리 마족 부하가 하나라도 더 느는 게 낫겠지. 마왕 부하가 태어나면 더 좋고. 아무튼 그중 쓸 만한 녀석들은 이곳 루비아나 성에 배치할 생각이야."

"좋은 생각이에요. 그럼 다시 마력석을 가져가시겠어요?"

"응. 다시 줘."

로이스가 마력석들을 아공간 창고로 챙기자 릴리아나의 얼굴에는 미소가 가득했다.

은근슬쩍 그녀의 할 일을 마궁들에게 떠넘겨서다.

그래도 무책임하게 떠넘긴 건 아니었다.

로이스에게 그것이 훨씬 더 도움이 될 것이라는 생각이 었으니까.

"그럼 난 다시 용병계로 가 볼게. 어떤 녀석이 배신을 했는지 확인해 봐야겠어."

"네, 로이스 님. 조심하세요."

곧바로 릴리아나는 용병계로 향하는 포탈을 열어 주었다.

그런데 바로 그때였다.

정령 하나가 다급히 달려와 외쳤다.

"큰일이에요! 적들이 몰려와 루비아나 성을 공격하고 있어요!"

그 말을 들은 로이스는 막 포탈로 발걸음을 옮기려다 멈췄다.

"뭐? 어떤 녀석들이야?"

"마왕들 같은데 타락한 용자의 세력도 있는 것 같아요. 아이리스 님이 잘 방어하고 있지만 이대로라면 미스토스 방어 결계가 흩어질지도 몰라요."

"그래? 그렇다면 가만둘 수 없지."

대체 어떤 정신 빠진 마왕 녀석들이 이곳 루비아나 성을 공격해 온 것일까?

차원력의 이상 흐름으로 인해 루비아나 성을 공격하는 적들은 전투력이 대폭 감소하게 되어 있기 때문이다.

릴리아나가 탄식하며 말했다.

"결국 올 것이 왔군요. 앞으로 로이스 님이 마왕들에게 위명을 떨칠수록 이곳은 계속 공격받게 될 거예요. 하지만 최악의 상황이 벌어져도 이곳은 안전해요. 타락한 용자들도 꽃밭의 미스토스 결계는 해제할 수 없거든요."

설령 루비아나 성이 부서져도 릴리아나의 꽃밭까지 무너뜨릴 수는 없다는 것이었다. 타락한 용자들도 꽃의 요정의 결계는 어쩔 수 없다니 로이스로서는 매우 반가운 일이긴 했다.

　"걱정 마. 루비아나 성도 절대 무너질 일은 없어."

　설령 불칸이 온다고 해도 이곳 루비아나 성에서는 제대로 힘을 쓰지 못할 것이다. 하물며 다른 마왕들이야 두려워할 것 없었다.

　로이스가 결계 바깥으로 나가자 성벽 위에는 가디언 족인 리자드맨 키슈족들이 잔뜩 긴장한 표정으로 경계 태세를 취하고 있었다.

　아이리스와 로디아는 중앙 망루에서, 루니우스와 스텔라, 란델은 각각의 성루 위에서 대기 중이었다.

　로이스가 중앙 망루 위로 훌쩍 뛰어 오르자 아이리스가 반색했다.

　"로드!"

　"어떻게 된 거야? 적들의 정체는 파악했어?"

　"네, 로드. 전략가의 두루마리를 통해 알게 됐어요. 중마왕 파르팔라, 크리잘리드, 그리고 탈락티스! 이렇게 세 명의 중마왕이에요. 타락한 용자 제라칸의 부하들도 제법 몰려왔고요."

그때 로이스 역시 군주의 목걸이가 반짝이며 관련 내용을 알려 주었다.

[제69위 중마왕 파르팔라가 루비아나 성을 공격해 왔습니다.]
[제77위 중마왕 코리잘리드가 루비아나 성을 공격해 왔습니다.]
[제100위 중마왕 탈락티스가 루비아나 성을 공격해 왔습니다.]

"죽으려고 작정을 한 건가? 여기가 어디라고 온 거지?"

로이스는 기막히다 못해 오히려 흥미롭다는 듯 팔짱을 끼며 성 밖을 훑어봤다.

미스토스 방어 결계 밖으로 적지 않은 숫자의 마족들과 마물들이 보였다.

특이한 건 타락한 용자의 부하들로 보이는 이들이 루비아나 성을 둘러싼 미스토스 결계를 제거하려고 기를 쓰고 있었지만, 미스토스 결계는 끄덕도 하지 않고 있다는 것이었다.

아이리스의 입가에 맺혀 있는 회심의 미소를 보며 로이스는 그녀가 뭔가 대응을 하고 있음을 알게 되었다.

"어떻게 된 거야? 저놈들이 왜 미스토스 방어 결계를 없애지 못하지?"

"고대의 전설적인 전략가인 카르세우스가 남긴 방어 비법이에요. 아직 제가 부족하다 보니 가장 기초만 간신히 터득했지만, 이것만으로도 타락한 용자들이 미스토스의 힘으로 미스토스 방어 결계를 무력화시키려 할 때 한동안 그것을 지연시킬 수 있어요."

"그럼 시간을 끌 수 있다는 거야?"

로이스가 놀라자 아이리스가 미소 지으며 고개를 끄덕였다.

"네, 로드. 결계진의 흐름을 복잡하게 바꿔 대단한 병법가가 오지 않는 한 단번에 파훼하지 못하도록 할 수 있어요. 하지만 결국 시간을 끄는 것일 뿐 근본적인 대책은 타락한 용자의 부하들을 없애 버리는 것 외에는 없어요."

"그래도 시간을 끌 수라도 있다는 게 어디야? 앞으로도 내가 올 때까지 시간만 최대한 끌어 줘. 나머진 내가 해결할게."

"후홋, 마왕과 같은 강적이 나타났을 때 제가 세운 방어 작전의 핵심이 바로 그거죠. 로드께서 오실 때까지 아무런 피해 없이 이 성을 지키는 것!"

"역시 넌 똑똑해, 아이리스."

로이스는 흐뭇하게 웃었다.

성 밖에 중마왕이 셋이나 와서 공격하려는 중인데 이렇게 태평스레 부하를 칭찬이나 하고 있다니, 마왕들이 보면 기막혀할 만한 일이었다.

그러나 로이스는 짐짓 딴전을 피우며 마왕들이 어서 공격해 오길 기다리는 중이었다.

그럼 아주 쉽게 그들을 처치할 수 있기 때문이다.

그냥 나가도 이길 수 있겠지만, 전투력이 떨어진 녀석들을 상대하는 게 훨씬 수월할 테니까.

그런데 마족과 마물들의 일부만 들여보내 놓고 중마왕들과 그들의 주력 부대는 모두 차원력의 이상 기류 바깥에서 대기 중이었다.

"그들도 이곳 루비아나 성을 둘러싼 차원괴류(次元怪流)의 흐름을 눈치챈 것 아닐까요?"

"차원괴류?"

"카르세우스의 전략서를 보니 그런 현상을 차원괴류라고 부르던 걸요. 고대에도 이 같은 차원괴류가 존재하는 곳에 거점을 세웠던 용자들이 제법 존재했어요."

"그렇군. 만약 중마왕 놈들도 차원괴류를 눈치챘다면 성 가까이 접근해 오지 않겠지."

딱 봐도 상황이 그랬다. 그래서 부하 마족과 마물들 일부를 보내 간만 보고 있는 것이다.

"그럼 저 앞에 있는 녀석들이나 다 쓸어버려. 전투력이 낮아진 상태니 쉽게 해치울 수 있을 거야."

"네, 로드."

로이스의 명령이 떨어지자 아이리스는 즉각 크게 외쳤다.

"모두 성 밖에 있는 마족과 마물들을 공격해라!"

"쿠와아아아!"

"쿠와아아!"

리자드맨 궁수들이 성벽에서 활을 쏘고 단창을 집어 던졌다.

루니우스와 스텔라는 성 밖으로 나가 마족들과 마물들을 공격했다.

"마물들! 모조리 쓸어버리겠다!"

"훗, 감히 루비아나 성을 쳐들어오다니 간덩이가 부은 놈들이구나."

아이리스가 전략가로서 커다란 진전이 있었던 만큼 그녀들은 각각의 검술 경지가 대폭 상승했다.

전투력이 정상인 상태라도 그녀들을 당해 내기 힘든 판인데, 차원괴류로 인해 전투력이 떨어진 상태이다 보니 마족들에겐 재앙이 임한 것이나 다름없었다.

서걱! 촤악!

"크아아아악!"

"아아아악!"

루니우스의 검이 번쩍일 때마다 마족들이 두 쪽 났다. 스텔라는 마법을 펼치려 주문을 외우는 마족이나 마물들만 골라 목을 잘라 버렸다.

"흥! 어디서 수작을 부리는 거냐? 죽엇!"

서걱! 뎅겅! 푹! 푸확!

"크아아아악!"

"케에에엑! 피, 피해라!"

그러자 마족들은 그녀들을 피해 도주하기 바빴다.

디리링—

그때 참혹한 살육의 현장에 어울리지 않는 감미로운 하프의 선율이 울려 퍼졌으니.

로디아의 푸른 하프였다.

디디딩! 디리리링—

그녀는 담담히 웃으며 하프를 켜고 있을 뿐인데 성 밖 한쪽 상공에 시커먼 구름이 형성되더니 그 아래로 뇌전들이 무더기로 쏟아져 내렸다.

파지지직! 콰르르릉!

푸른 뇌기에 휩싸인 마물들이 그대로 마비되어 버렸다. 그리고 그 위로 곧장 이글거리는 화염 우박이 쏟아져 내렸다.

화르르르! 쏴아아!

"캬아악! 피해라!"

"사, 살려 줘! 쿠어어억!"

수많은 마물들이 불에 타 죽었다. 역시나 한 번에 많은 적을 학살하는 데는 마법만 한 것이 없는 듯했다.

파지지직! 화르르르! 콰콰쾅!

"크아아악!"

"끄아아악!"

단번에 루니우스와 스텔라가 해치운 숫자보다 훨씬 많은 적들이 숯덩이로 변해 쓰러졌다.

란델도 놀고 있지 않았다. 지속적으로 마기가 증가해 최상급 마족 이상의 전투력을 가지게 된 란델 또한 적 마족들에게 공포의 대상이었다.

우두둑! 푸확!

"크아아아악!"

란델의 손에 붙잡힌 마족들은 그대로 몸이 터져 죽었다.

훙훙훙훙! 퍼퍼퍽!

"꾸아악!"

"꽤엑!"

풍차처럼 휘두르는 그의 팔에 스치기만 해도 마물들은 몸이 찢겨져 날아갔다.

"쿠하하하! 이곳이 어디라고 왔느냐? 모두 죽여 주겠
다."

"케케케! 한 놈이라도 살아서 돌아갈 생각 마라. 죽은 척
하는 놈들까지 다 죽여 줄 테니까!"

거대 거미 네이더의 본신으로 복귀한 라크아쓰는 란델의
뒤를 따르며 살아남은 마물들을 처리했다.

스스슥! 촤촤촤촥―

"꾸어억!"

"카아악!"

수십 마리의 마물들을 단숨에 해치워 버리는 라크아쓰의
움직임은 바람과 같았다.

"쿠하핫! 건방진 마물들이여!"

"카카카카! 우리 키슈족의 용맹을 맛보아라!"

리자드맨 장수들도 할버드와 스피어 등을 마구 휘두르며
마족과 마물들을 일방적으로 살육했다.

"후후, 모두 잘하고 있군."

로이스는 팔짱을 낀 채로 여유 있게 웃으며 부하들의 활
약을 지켜봤다.

그가 직접 나섰다면 단번에 괴멸시켜 버릴 수 있을 만큼
보잘것없는 적들이지만, 부하들에게도 공을 세울 기회를
주고 싶었기에 지켜보는 중이었다.

그만큼 부하들도 실전 경험을 얻어 강해질 테니까.

"퇴각하라!"

"크으! 모두 퇴각해라!"

가뜩이나 전투력이 떨어져 불안에 떨고 있던 마족과 마물들은 일방적으로 살육을 당하자 멀리 중마왕들의 본진이 있는 곳으로 퇴각했다.

한편 그 상황을 지켜보고 있던 시커먼 그림자 형상의 존재가 분통을 터뜨렸다.

"멍청한 놈들! 그저 미스토스 방어 결계만 해제하라고 보냈는데 그조차도 실패하고 쫓겨 나온 건가?"

그림자의 어딘가에서 거친 사내의 음성이 흘러나왔다.

그가 바로 대마계 제69위 중마왕 파르팔라였다.

그러자 그 옆에 있던 거대 스네이크맨 형상의 마왕도 인상을 쓰며 고개를 끄덕였다.

"저놈들의 전력이 만만치 않습니다. 아무리 마족들과 마물들의 전투력이 떨어졌다지만 일방적으로 살육을 당할 정도라니!"

그는 대마계 제77위 중마왕 크리잘리드였다. 그 옆에 제100위 중마왕 탈락티스가 어정쩡한 자세로 선 채 그들의 눈치를 보고 있었다.

파르팔라가 다시 분통을 터뜨렸다.

"저 성 주위로 차원의 벽에나 있는 차원괴류가 둘러져 있다는 얘기는 없었지 않았느냐? 저 안으로 들어가면 중마왕인 우리의 전투력이 하급·마왕 수준으로 떨어지고 말 것이다."

"그렇습니다, 파르팔라 님. 아무리 상마왕 프리뭄 님의 명령이라 하지만 고작 미스토스 상급 기사 한 놈의 거점을 빼앗겠다고 저 위험한 곳으로 뛰어들 수는 없습니다."

"물론이다. 상급 기사 놈이야 별것 아니겠지만 저 안에 상급 용자가 한 명이라도 있으면 우린 자칫 개죽음을 당할 수 있어."

"하지만 이대로 있으면 저 거점을 빼앗기란 불가능합니다. 무슨 대책을 세워야 합니다."

"무슨 좋은 생각이 있느냐?"

"분명 어딘가 틈이 있을 겁니다. 전투력을 떨어뜨리지 않고도 들어갈 수 있는 그 틈을 찾아야 합니다."

크리잘리드의 말에 파르팔라는 고개를 끄덕였다.

"그럼 너는 틈을 찾아봐라. 나는 결계로 차원괴류 바깥을 포위한 채 외부와의 공간 이동을 봉쇄하겠다."

순간 크리잘리드와 탈락티스의 표정이 밝아졌다.

"흐흐, 좋은 생각이십니다. 그렇게 되면 저놈들은 성안에 갇혀 오도 가도 못할 겁니다."

"혹시 용자 제라칸의 부하들이라면 틈에 대해 알고 있을지 모른다."

"그놈들을 불러 물어봐야겠군요."

크리잘리드는 즉각 제라칸의 부하들을 불렀다. 그러자 그중 하나가 대답했다.

"자세한 건 모르지만 차원괴류에 불규칙적으로 어쩌다 틈이 생성될 때가 있다고는 들었습니다. 그러나 언제 어디에 생길지는 아무도 모릅니다."

"틈이 확실히 있다는 거냐?"

"다만 틈이 생겨도 순식간에 사라져 버리는 터라 과연 그 틈을 통해 들어갈 수 있을지는 모르겠습니다."

"알았으니 너희들도 계속 살펴봐라."

"예, 크리잘리드 님."

그때부터 크리잘리드와 그의 권속들, 그리고 제라칸의 부하들은 거대한 차원괴류의 외곽에서 그것을 관찰하며 틈을 찾기 시작했다.

"······!"

그런데 운이 좋은 건지 크리잘리드는 잠시 후 그 틈을 발견했다.

우연처럼 차원괴류의 한곳에 나타난 틈!

그곳은 아주 찰나의 순간 드러났다가 사라져 버렸기에

마치 환상을 보는 것 같았다.

번개가 번쩍하고 사라진 것처럼 짧은 순간!

그러나 중마왕 크리잘리드에게는 그 정도면 충분했다.

그 즉시 그는 차원괴류의 틈을 통과했다.

뿐만 아니라 파르팔라 또한 그 뒤를 따라 틈을 통과했다.

그는 차원괴류 외곽으로 결계를 펼치는 와중에도 크리잘
리드의 신호를 기다리고 있었던 것이다.

물론 크리잘리드는 탈락티스에게도 신호를 보냈다.

그러나 탈락티스가 틈 앞에 도착했을 때는 이미 그 틈이
사라져 버린 후였다.

"이, 이런!"

탈락티스가 당황해하자 파르팔라가 인상을 찌푸리며 말
했다.

"멍청한 녀석! 중마왕이란 놈이 그렇게 느려 터져서 어
디다 써먹겠느냐?"

크리잘리드 또한 못마땅한 듯 투덜거렸다.

"하급 마왕들 중에서도 빠릿빠릿한 녀석들이면 충분히
들어올 만한 시간이었다. 탈락티스! 네놈이 우리와 같은 중
마왕이라는 게 부끄럽구나."

"죄, 죄송합니다. 이렇게 된 이상 저의 전투력이 떨어질
지라도 그냥 들어가겠습니다."

탈락티스는 두 상위 중마왕들의 추궁에 고개를 풀 죽은 듯 눈치를 보며 말했다. 파르팔라가 손을 흔들었다.

"멈춰라! 그럼 네놈은 하급 마왕보다 못한 수준으로 떨어질 텐데 어디다 써먹겠느냐?"

"됐으니 너는 밖에서 부하들을 통솔하며 혹시라도 빠져나가는 녀석이 있으면 모조리 죽여라."

"예! 명을 받듭니다."

곧바로 돌아서서 부하들을 향해 이동하는 탈락티스의 입가에 알 수 없는 미소가 살짝 맺혔다가 사라졌다.

그사이 중마왕 파르팔라는 루비아나 성을 빙 둘러 시뻘건 화염의 결계를 펼쳤다.

"이제 이 결계 밖으로는 아무도 빠져 나가지 못한다. 설령 나라도 말이야."

그러자 중마왕 크리잘리드가 입가로 혀를 날름거리며 말했다.

"준비를 마쳤으니 슬슬 살육의 축제를 시작하시지요, 파르팔라 님."

"크큿! 그래 볼까?"

그런데 그때 그들을 향해 황금빛의 멋들어진 갑옷을 입은 장착한 한 소년이 모습을 드러냈다.

소년은 파르팔라와 크리잘리드를 보며 조소를 지었다.

"살육의 축제라고? 그런 걸 원한다면 펼쳐 주지. 물론 축제의 제물은 바로 너희들이겠지만."

물론 그 소년은 로이스였다.

금속 갑옷처럼 보이지만 겉보기만 그렇게 보일 뿐 실제는 라크아쓰의 거미줄 천으로 만든 것이었다.

그래도 로디아가 각종 마법을 걸어 놓아 실제 금속 갑옷보다 방어력이 우수했다. 어지간한 마법에 적중당해도 끄떡없을 만한 마법 방어력도 갖춰진 상태였다.

그래 봤자 마왕들 앞에서는 무용지물에 불과하겠지만, 멋을 중요시하는 로이스에게 있어서는 매우 중요한 장비였다.

만일을 대비해 비슷한 장비 수십 벌을 아공간에 쌓아 두었다. 언제든 부서지면 갈아입기 위함이었다.

한편 파르팔라는 로이스를 보며 가소롭다는 듯 말했다.

"네가 바로 그 미스토스 상급 기사라는 녀석인가 보군. 차원괴류를 믿고 까부는가 본데 안타깝지만 우리에게 그런 건 통하지 않는다."

"그래서 이렇게 뜨거운 화염 결계를 펼쳐 둔 거냐?"

"물론이다, 애송이 놈! 너를 비롯해 저 성 안에 있는 놈은 하나도 살아남지 못할 것이다."

로이스는 팔짱을 낀 채 웃었다.

"나로서는 환영이야. 너희들이 도망을 가 버리면 곤란하거든."

"쿠하하하핫! 우리가 도망을 친다고?"

"네놈은 이분이 누구신지 알기나 하느냐? 대마계 제69위 중마왕 파르팔라 님이시다. 그리고 나는 제77위 중마왕 크리잘리드고."

용자들이나 다른 미스토스 상급 기사들이 이 말을 들었으면 기겁을 하고 말았을 것이다.

그러나 로이스는 이미 군주의 목걸이를 통해 알고 있는 내용이었던 터라 별다른 표정의 변화가 없었다.

물론 처음 듣는 사실이었어도 지금처럼 시큰둥하게 반응했을 것이다.

"그래서 뭐 어쩼다는 거냐? 너희들이 그렇게 대단한 놈들이라는 건가? 슐라흐트란 녀석도 너처럼 화염 결계를 펼쳤다가 후회를 했어. 너도 곧 그 꼴이 될 거야."

그러자 파르팔라와 크리잘리드는 기막혀하는 표정을 지었다.

"정말 미친놈이군."

"더 이상 저런 미친놈하고 대화를 해 봤자 시간 낭비입니다. 저놈을 죽이고 저 뒤의 성을 흔적도 없이 날려 버리지요, 파르팔라 님."

"나도 그럴 생각이다."

"저놈은 제게 맡겨 주십시오. 저따위 놈을 파르팔라 님이 친히 상대하시는 건 우스운 꼴이 될 겁니다."

"좋아! 크리잘리드 네게 맡기마."

허락이 떨어지자 크리잘리드는 그 즉시 로이스를 향해 손짓을 했다.

Chapter 5
광휘의 막

화르르르!

주문 시간도 없이 곧장 들이닥치는 시뻘건 화염 불꽃!

콰아아아앙! 쿠콰콰콰쾅!

로이스가 있던 자리에 거대한 폭발과 함께 시커먼 구름이 상공으로 치솟았다.

마스터급 마법사라도 흉내 낼 수 없는 궁극의 화염 마법!

거대한 성이라도 한 번에 무너져 버리고 말 가공스러운 폭발이었다.

파르팔라가 혀를 찼다.

"고작 상급 기사 하나 죽이는데 뭐 그리 힘을 빼느냐?"

"그놈이 저를 너무 열 받게 만들어서 어쩔 수 없었습니다."

그런 것에 적중되었으니 크리잘리드는 로이스가 당연히 죽었을 것이라 생각했다.

규모를 떠나서 방금 전의 열기는 하급 마왕이라도 소멸시켜 버리기 충분했으니 말이다.

본래라면 로이스뿐 아니라 그 뒤에 있는 루비아나 성도 완전히 날아가야 정상이지만, 미스토스 방어 결계로 인해 폭발의 여파가 미치지 못했을 뿐이다.

"이제 제라칸의 부하들을 불러라. 그놈이 부활해서 다시 나오기 전에 최대한 빨리 미스토스 방어 결계를 없애고 저 성을 박살 내야 한다."

"근데 그게 좀 문제가 있군요."

"문제라니?"

"파르팔라 님이 펼쳐 둔 화염 결계로 인해 그들이 이 안으로 들어오기가 쉽지 않습니다."

그러자 파르팔라가 히죽 웃었다.

"어쩔 수 없지. 네가 직접 가서 그놈들을 이리로 데려와라."

"예, 파르팔라 님."

크리잘리드는 꾸벅 허리를 숙이며 대답했지만 속으로는 인상을 쓴 채 투덜거렸다.

'우라질! 뭣 하러 화염 결계 같은 걸 펼쳐서 이런 귀찮은 짓을 하게 하는 건지 모르겠군.'

화염 결계의 미로를 통과하는 건 중마왕인 그라 해도 보통 번거로운 일이 아니다.

그런데 바로 그때였다.

막 화염 결계의 미로를 향해 이동하려던 크리잘리드는 깜짝 놀라며 멈춰 섰다.

시커먼 구름이 사라진 곳에 로이스가 멀쩡한 상태로 서 있었기 때문이다.

물론 신체만 멀쩡할 뿐 옷은 몽땅 타 버려서 벌거벗은 상태였다.

로이스는 못마땅한 표정으로 크리잘리드를 노려봤다.

"왜 괜히 마법을 펼쳐서 옷을 태우는 거냐?"

"뭐야? 안 죽었어?"

"잠깐 기다려. 일단 옷부터 입고."

로이스는 투덜거리더니 아공간에서 다른 옷을 꺼내 입었다.

이번에는 은빛의 멋들어진 갑옷이었는데 마찬가지로 그렇게만 보일 뿐 실제는 천 옷이었다.

그 모습을 보고 파르팔라와 크리잘리드는 하도 기가 막혀서 잠시 멍한 표정으로 서 있었다.

"너 제대로 마법 펼친 거 맞아?"

"물론입니다."

"근데 왜 저 녀석이 멀쩡한 거지?"

"저도 도무지 그 이유를 모르겠지만 어차피 다시 죽이면 되는 일 아니겠습니까?"

크리잘리드는 로이스를 향해 마법을 날리려 했다.

그런데 그 순간 막 옷을 갈아입고 좋아하던 로이스의 안색이 굳어지더니 그대로 검을 뽑아 휘둘렀다.

"쓸데없이 또 옷을 태우려는 건가?"

파앗—

붉은 빛의 거대한 검기가 수평으로 날아왔다.

평범한 검기가 아니라 인텐스 오러 블레이드보다 훨씬 강력한 기운이 어려 있는 초월적인 검격!

물론 그래 봤자 중마왕인 크리잘리드에게는 가소로울 뿐이었다.

그는 마법을 펼치려다 말고 검기를 막아 냈다.

콰아앙!

폭음과 함께 크리잘리드의 몸이 뒤로 살짝 물러났다. 그러나 별달리 충격을 받은 것 같지는 않았다.

"크큿! 미스토스 상급 기사치고는 제법이다만 그런 걸로 중마왕인 나를 어찌할 수 있다 생각했느냐?"

그러자 로이스는 알 수 없는 미소를 지으며 말했다.

"난 네가 또 내 옷을 태우지 못하게 방해했을 뿐이야. 그보다 어떻게 전투력을 유지한 채 이 안으로 들어온 거지?"

"애송이 놈! 차원괴류를 믿고 있나 본데 뭐든 완벽한 것은 없단다."

"틈이라도 있었다는 건가?"

"잘 아는군."

"운이 꽤 좋은 걸. 그 틈은 잘 생기지 않는다고 하던데 말이야."

차원괴류에 틈이 있을지도 모른다는 얘기는 이미 아이리스에게 들은 바가 있었다.

아주 찰나에 불과하지만 마왕들이라면 충분히 그 틈을 이용해 전투력 하락 없이 안으로 진입할 수 있다는 것도 말이다.

다만 그것은 아주 우연히 생겨나는 것이라 운이 나쁘면 몇 년이 지나도 구경조차 할 수 없다고 했다. 운이 좋으면 하루에 몇 번 틈이 생겨날 수도 있지만 말이다.

"그런데 너희들은 모두 세 명이라면서 왜 하나는 없느냐?"

로이스가 섣불리 공격하지 않고 시간을 끄는 이유는 바로 이 때문이었다.

당장이라도 두 마왕을 해치울 수 있지만 그러다간 다른 마왕이 도망갈 우려가 있으니까.

 '중마왕 셋을 오늘 모두 해치워 버리는 게 좋겠지.'

 오늘 놓치면 언제 또 기회가 올지 알 수 없는 일이었다. 얄보이기 전술을 펼쳐 힘을 숨기는 것도 잊지 않았다.

 그때 파르팔라가 어처구니없다는 듯 물었다.

 "그걸 왜 묻는 건가? 설마 우리 둘 만으로는 널 당해 내지 못할 것 같다 생각하는 건 아니겠지?"

 "후후, 고작 둘만 있으니 너무 싱겁잖아. 셋은 되어야 싸워 볼 만할 텐데."

 파르팔라가 기막힌 듯 크게 웃었다.

 "쿠하하하핫! 걱정마라. 싱겁지 않게 해 줄 테니! 크리잘리드, 저놈을 아주 천천히 죽여라."

 "예, 파르팔라 님. 저 입만 살아 있는 놈을 바로 죽이면 금방 부활해 버리고 말 것입니다. 크크큿, 최대한 천천히, 아주 고통스럽게 죽이겠습니다."

 크리잘리드의 양손에 각각 한 자루씩의 검이 나타났다.

 붉은 검신의 쌍검!

 그것은 크리잘리드의 날개가 무기로 형상화된 것이었다.

 "각오해라, 애송이 놈!"

 휘휘휙! 파파파팟—

천천히 죽인다고 하더니 쌍검의 공격은 무식하기 짝이 없었다. 순식간에 로이스가 서 있는 공간을 갈가리 토막 내버렸기 때문이다.

이는 일반적인 무기를 휘둘러 막을 수 있는 공격이 아니었다.

윙 블레이드가 날아드는 것이나 마찬가지.

그것도 하급 마왕도 아닌 중마왕의 윙 블레이드였다.

그것과 격돌하면 아무리 전설 등급의 무기인 마검 다켈이라 해도 반 토막이 나고 말 것이다.

번쩍! 촥! 좌악! 파파파팟—

'윽! 정신없네.'

로이스의 몸에 작은 상처들이 생겨났다.

쌍검이 만들어 낸 그림자들이 벌떼처럼 로이스의 몸을 공격하고 있어서였다.

확실히 그는 이전에 죽인 슐라흐트보다 상위의 중마왕이다 보니 실력이 만만치 않았다.

스파파팟! 파파파파—

크리잘리드의 쌍검은 점점 더 빨라졌다. 맞서지 않고 피하기만 하다간 계속 상처를 입고 말 것이다.

'오늘은 어쩔 수 없군. 이 두 놈이라도 그냥 죽여야지.'

또 하나의 마왕이 결계 안으로 들어오기를 기다리고 있

었는데 아무래도 틀린 모양이었다.

한편 그때 크리잘리드의 표정은 경악으로 물들어 있었다.

'내 공격을 계속 피해 내다니! 저놈이 실력을 숨기고 있었던 것인가?'

그는 지금 전력을 다해 로이스를 공격하고 있는데도 몇 군데 찰과상만 입혔을 뿐 쓰러뜨리지 못했다.

그것은 꿈에서라도 상상할 수 없는 일!

옆에서 지켜보던 파르팔라도 깜짝 놀랐다. 로이스가 제 77위 중마왕 크리잘리드의 공격을 저리도 쉽게 피해 낼 줄이야.

'보면서도 믿을 수 없군. 그렇다면 혹시 저놈이?'

대마왕궁에서는 상급 용자 유리안이 절대용자 직전의 단계로 각성해 슐라흐트 등을 죽인 것으로 파악했다.

그런데 지금 보이는 로이스의 능력이라면 충분히 슐라흐트 등을 상대하고도 남았다.

미스토스 용병계에 나타난 또 하나의 복병!

이는 향후 매우 중요한 변수로 작용할 수 있을 터, 반드시 불칸에게 보고를 올려야 할 것이다.

'뭔가 꺼림칙해. 일단 이곳을 빠져나가야 할지도 모르겠군.'

그러나 하필 화염 결계를 펼쳐 둔 것이 문제였다.

그것을 해제하는 것은 그라도 한참의 시간이 걸린다.

결국 로이스를 죽인 후 그가 부활하는 사이 결계를 빠져 나가는 것이 최선이었다.

"이놈! 각오해라!"

그림자 형상의 중마왕 파르팔라의 형체가 일순 뚜렷해지는가 싶더니 이내 흑색의 거대한 괴수의 형상으로 화했다.

머리에 박힌 두 개의 뿔!

전신이 시커먼 털로 가득 뒤덮인 악마 형상의 마왕!

그것이 바로 그림자로 위장해 있었던 파르팔라의 실체였다.

번쩍!

과연 제69위 중마왕답게 그의 공격은 매우 빨랐다.

그러나 로이스는 미리 대비하고 있었기에 잽싸게 그의 공격을 피해 낼 수 있었다.

그 순간 크리잘리드가 키득거리며 로이스의 후면을 파고들었다.

"뒈져랏! 애송이 놈!"

번쩍!

파르팔라의 공격을 피해 물러나는 로이스의 후면을 노린 것이었다.

이번에는 쌍검이 아닌 윙 블레이드를 펼친 상태!

이대로라면 로이스는 두 쪽이 나고 말 것이다.

그러나 로이스는 번개처럼 몸을 회전하며 크리잘리드의 윙 블레이드를 피해 냈다. 동시에 주먹으로 그의 몸체를 후려쳤다.

퍼어억—!

"쿠윽!"

크리잘리드가 신음을 토했다. 그저 주먹 한 방을 맞았을 뿐인데 전신의 마기가 뒤엉키며 정신이 핑 돌았던 것이다.

그런데 그게 다가 아니었다. 로이스가 그의 팔을 휘돌려 부러뜨리더니 그대로 뒤로 파고들어 두 팔로 목을 감쌌고 그대로 그것을 잡아 뜯어 버렸다.

우두둑! 퍽! 콰드드득!

"크으으! 이, 이럴 수가……!"

그것이 끝이었다. 부서진 크리잘리드의 신체들이 로이스의 전신에서 광선처럼 뿜어져 나오는 강력한 기운에 노출되는 순간 그대로 먼지가 되어 흩어져 버렸다.

그렇게 대마계의 중마왕 하나가 또 사라졌다.

[미스토스의 은총이 당신의 노력에 대한 보상을 줍니다.]

[레벨이 올랐습니다.]

[당신의 레벨이 상급 32가 되었습니다.]

[당신의 전투력이 대폭 상승했습니다.]

[당신의 최대 맷집과 최대 미흐가 대폭 증가했습니다.]

[미스토스 13854카퍼스를 얻었습니다.]

[중마왕의 마력 날개(신화)를 얻었습니다.]

[당신의 맨손 전투 전술이 상급 34단계가 되었습니다.]

[당신의 맨티스거의 투지(전설)가 상급 32단계가 되었습니다.]

레벨 1단계 상승!

미스토스와 중마왕의 마력 날개도 얻었다.

그러나 로이스는 그런 것들을 보고 있을 만큼 한가하지 않았다.

크리잘리드가 처참하게 죽는 것을 본 파르팔라가 기겁하며 화염 결계의 미로 속으로 도주했기 때문이다.

"도망을 치겠다? 그건 안 될 일이지."

곧바로 로이스는 파르팔라를 추격했다. 그가 미로 속으로 뛰어들자 바람의 정령 라샤가 미스토스 지도를 보며 다급히 외쳤다.

"전방으로 열 걸음, 오른쪽으로 다섯 걸음, 다시 왼쪽으로 세 걸음, 뒤로 다섯 걸음……."

"젠장! 또 이 짓을 해야 하는 거냐."

로이스는 투덜거리며 라샤가 알려 주는 대로 이동했다.

그러나 놀랍게도 파르팔라를 도저히 따라잡을 수가 없었다.

무슨 수를 썼는지 그는 미로 속을 매우 빠르게 이동하고 있었던 것이다. 마치 미로와 상관없이 이동하는 것 같았다.

'이러다간 저놈을 놓치고 말겠군.'

그러던 로이스의 입가에 회심의 미소가 맺혔다.

'그렇다면 나도 방법이 있지.'

라샤의 말에 따라 이동하던 로이스는 돌연 화염 미로를 무시한 채 그대로 화염 결계의 벽 속으로 돌진했다.

"아앗, 로이스 님 위험해요!"

"괜찮으니 염려 마."

로이스는 씩 웃으며 화염 속을 달렸다.

놀랍게도 이글거리는 화염 결계의 열기가 로이스에게 아무런 피해도 입히지 못했다.

'후후, 역시 광휘의 막은 제법 쓸 만하군.'

그렇다.

　—미스토스를 소모해 일시적으로 몸에 무적의
보호막을 생성함
　—시전 시 미스토스 100카퍼스 소모

군주의 반지로 펼칠 수 있는 무적의 보호막!

1나기스(1시간)에 한 번만 펼칠 수 있으며, 시전 시 100
카퍼스나 되는 미스토스가 소모되지만 지금은 그걸 아낄
때가 아니었다.

화르르르! 촤아아아아!

가공스러운 화염 결계 속을 마치 평지 달리듯 질주하는
로이스의 모습을 본 파르팔라는 기겁했다.

"으! 어찌 저럴 수가!"

그는 순식간에 로이스에게 따라잡혔다. 곧바로 전력을
다해 공격을 날렸지만 광휘의 막에 둘러싸인 로이스는 파
르팔라의 공격을 무시한 채 돌진했다.

퍼퍽! 퍼퍼퍽—

미친 듯이 날아드는 주먹의 공세 앞에 파르팔라는 순식
간에 만신창이가 되었다.

"크으으! 사, 살려 줘!"

"비굴하게 목숨을 구걸하다니! 중마왕도 별수 없구나."

로이스는 코웃음을 치고는 파르팔라의 목을 움켜쥔 채 그대로 화염의 벽을 통과했다.

화르르르! 치이이익—

그 순간 화염 결계의 열기에 파르팔라의 몸이 녹아 버렸다.

"크아아아아악!"

그렇게 대마계 제69위 중마왕 파르팔라도 차원계의 저편으로 먼지가 되어 사라졌다.

[미스토스의 은총이 당신의 노력에 대한 보상을 줍니다.]

[레벨이 올랐습니다.]

[당신의 레벨이 상급 33이 되었습니다.]

[당신의 전투력이 대폭 상승했습니다.]

[당신의 최대 맷집과 최대 미흐가 대폭 증가했습니다.]

이름 [로이스]

레벨 [상급 33]

칭호 [마궁의 지배자]

신분 [미스토스 상급 기사]

맷집 87238/87238 (57238+30000)

미호 89105/89105 (59105+30000)

[미스토스 15806카퍼스를 얻었습니다.]

[당신의 화염 저항이 상급 2단계가 되었습니다.]

레벨이 다시 1단계 상승했지만 로이스는 울상을 지었다.

'이런! 날개가 녹아 버렸구나.'

전투에 집중하다 보니 파르팔라의 날개 생각을 못했던 것이다.

마지막에 화염의 벽을 통과하지 말고 근처에 있는 미로로 이동해 천천히 빠져나왔다면 날개는 무사했을 텐데 말이다.

'어쩔 수 없이 오늘은 날개 하나로 만족해야 하려나.'

아쉽게도 차원괴류 바깥에 대기하고 있어야 할 중마왕 탈락티스는 물론이고 마족과 마물들은 모두 흔적도 없이 사라져 버린 터였다.

'이미 도주하다니! 뭐가 이렇게 빠른 거지?'

마치 파르팔라와 크리잘리드가 패배할 것을 예상하기라도 한 것처럼 중마왕 탈락티스는 미리 철수해 버린 것이다.

'운이 대단히 좋은 놈이군.'

대마계 제100위 중마왕 탈락티스.

중마왕 중 가장 약하다는 그는 이렇게 상위의 중마왕들이 죽은 와중에도 무사히 살아서 돌아갔다.

[당신이 지배 가능한 마궁은 도합 21곳이며, 이미 12곳을 지배 중입니다.]

[중마왕 파르팔라의 마궁과 중마왕 크리잘리드의 마궁을 접수하겠습니까?]

[접수한다./그냥 놔둔다.]

"둘 다 접수하겠다."

새로 중마궁 2개를 확보했다.

[마궁들의 이름을 지어 주십시오.]

"파르팔라! 크리잘리드!"

더 이상 이름으로 고민하지 않기로 했으니 그냥 마왕들의 이름을 붙여 주었다.

[중마궁 파르팔라가 당신을 주인으로 인식합니다.]

[중마궁 크리잘리드가 당신을 주인으로 인식합니다.]

곧바로 새로 로이스의 휘하로 들어온 중마궁들이 인사를 했다.

—로드! 저는 중마궁 파르팔라입니다. 앞으로 로드의 뜻에 따라 신명을 바쳐 마궁을 운영하겠습니다.

—로드! 저는 중마궁 크리잘리드입니다. 열심히 하겠습니다.

이들은 마왕들의 성격을 이어받아 거칠 줄 알았는데 의외로 정중했다.

로이스는 흐뭇하게 웃으며 고개를 끄덕였다.

"그래. 중마궁은 알아서 잘 운영하도록 해라."

이로써 로이스에게는 도합 다섯 개의 중마궁이 생겼다.

"중마궁들! 너희들에게는 마력석을 나눠 줄 테니 이것들을 잘 가꿔서 마족들을 많이 생산해 내라."

곧바로 로이스는 각 중마궁들로 통하는 소형 다크 포탈 다섯 개를 열었다.

그러자 중마궁 아시엘과 칼리스, 라개드가 반색했다.

―로드! 감사해요. 저의 권역엔 마기가 매우 풍부해서 마력석이 아주 잘 자랄 거예요. 최대한 많은 마력석을 부탁드릴게요.

―하하핫! 다른 건 몰라도 마족 재배는 저의 특기입니다. 믿고 맡겨 주십시오, 로드!

―라비쓰…… 케케! 저에게 주시면 마족뿐 아니라 마왕도 생산해 내겠습니다, 로드!

그러자 중마궁 파르팔라와 크리잘리드도 질 수 없다는 듯 말했다.

―쿠흐흐흐! 제가 본래 누구였는지 알고 계실 테니 따로 설명 드리지 않겠습니다. 고민하지 마시고 마력석을 모두 제게 맡겨 주십시오, 로드.

―고기도 먹어 본 놈이 맛을 압니다. 마왕이 뭔지 알아야 마왕을 재배할 것 아니겠습니까? 허접한 녀석들의 말에 신경 쓰지 마시고 중마왕 출신 중마궁인 저 크리잘리드를 믿어 주십시오, 로드.

다들 그럴듯하게 말을 하니 로이스로서도 누구에게 많이 줘야 할지 고민이 되긴 했다.

"일단은 다들 공평하게 50개씩 가져가라. 가장 훌륭한 결과를 보여 준 녀석에게 나중에 더 많이 나눠 주겠다."

그렇게 로이스가 결론을 내리자 중마궁들은 토를 달지 않고 그대로 따랐다. 각 중마궁들은 로이스가 열어 준 다크 포탈을 통해 권속 마족 하나씩을 보내 50개의 마력석을 가져갔다.

'그러고도 꽤 남았네.'

중마궁들에게 좀 더 나눠 줄까 하다가 고개를 흔들었다.

'마왕이 나오는 건 운이라 했으니 하급 마궁들에게도 기회를 줘 보자.'

로이스는 혹시나 싶어서 아홉 곳의 하급 마궁들에도 각각 다섯 개씩 마력석을 나눠 주었다.

'대충 정리가 끝났구나. 성으로 귀환하기 전에 날개나 강화해 볼까?'

오늘 얻은 중마왕의 마력 날개 한 개, 그리고 아공간에 하급 마왕의 날개가 네 개 있었다.

'하급 마왕의 날개는 한 번에 세 개가 필요하다고 했으니까.'

그렇다면 두 번의 강화 기회가 있다는 얘기였다.

'후후, 내 날개를 5단계로 만들어 보는 거야.'

로이스는 먼저 하급 마왕의 날개 세 개를 꺼냈다. 동시에 어깨에 장착 중인 주 날개를 벗고 보조 날개도 떼어 냈다.

그러자 군주의 목걸이가 빛나며 글자들이 나타났다.

[4단계에서 5단계 강화 성공 확률 20%]

[미스토스를 소모해도 성공 확률은 상승하지 않습니다.]

[그러나 미스토스 200카퍼스를 소모하면 강화에 실패해도 주 날개는 사라지지 않습니다. 단, 재료로 사용되는 날개는 사라집니다.]

[하급 마왕의 날개 3개를 재료로 사용해 4단계 중마왕의 마력 날개를 5단계로 강화하시겠습니까?]

[강화한다./미스토스를 소모해 강화한다./그냥 놔둔다.]

이젠 한 번 강화할 때 미스토스가 200카퍼스나 든다.

단계가 올라갈수록 미스토스 소모량도 많아지는 모양이었다.

그러나 로이스는 이 정도 미스토스 정도는 아까워하지 않고 쓸 만큼 통 큰 미스토스 상급 기사였다. 오늘 중마왕

들을 처치하며 얻은 미스토스만 해도 3만 카퍼스 가까이
되었기 때문이다.

"미스토스를 소모해 강화해라!"

[미스토스 200카퍼스가 소모되었습니다.]
[하급 마왕의 날개 3개가 사라졌습니다.]
[중마왕의 마력 날개 5단계 강화에 실패했습니
다.]

"뭐냐? 실패인가?"

하긴 열 번 시도해서 두 번 성공하는 확률이니, 어쩌면
당연한 일이었다.

"이번엔 성공했으면 좋겠군."

로이스는 중마왕의 마력 날개를 꺼냈다.

확률은 동일했다.

[중마왕의 마력 날개(1단계)를 재료로 사용해 4단계
중마왕의 마력 날개를 5단계로 강화하시겠습니까?]
[강화한다./미스토스를 소모해 강화한다./그냥
놔둔다.]

"미스토스를 소모해 강화해라!"

로이스는 주먹을 불끈 쥔 채 크게 외쳤다.

[미스토스 200카퍼스가 소모되었습니다.]

[중마왕의 마력 날개(1단계)가 사라졌습니다.]

[중마왕의 마력 날개 5단계 강화에 실패했습니다.]

"으윽! 연속 실패냐?"

로이스는 한숨을 푹 내쉬었다.

"어쩔 수 없지. 다음에 날개를 얻으면 또 시도해 보자."

왠지 미스토스와 날개들만 날렸다는 생각이 들긴 했지만, 보다 강력한 날개를 위해서라면 그 정도 희생은 당연한 일이었다.

'젠장! 파르팔라의 날개를 녹이지만 않았어도 한 번 더 해 볼 수 있는 건데.'

강화에 실패한 것보다 왠지 그게 더 아쉬운 로이스였다.

'어쨌든 이만 성으로 가 볼까?'

로이스는 4단계 주 날개에 보조 날개를 부착한 후 그것을 어깨에 장착했다. 그리고는 곧장 루비아나 성으로 귀환했다.

　　　　*　　　　*　　　　*

　대마계 대마왕궁의 대전.

　처참한 상태로 귀환한 중마왕 탈락티스를 보며 불칸은 인상을 찌푸렸다.

　현재 제1위 상마왕 프리뭄과 제9위 상마왕 에나토스를 제외한 나머지 상마왕들은 절대용자들을 견제하기 위해 자리를 비운 상태였다.

　또한 중마왕들은 모두 각각의 마궁으로 돌아가 전력을 정비하고 있었다.

　그래서인지 거대한 대전은 텅 비어 있는 것이나 다름없었다.

　"다시 말해 봐라. 파르팔라와 크리잘리드가 죽었다 했느냐?"

　"예, 로드. 저만 간신히 살아서 도망쳤습니다."

　탈락티스는 고개를 숙인 채 어쩔 줄 몰라 했다. 불칸이 인상을 다시 썼다.

　"그들이 죽었는데 어찌 가장 약한 너만 살아올 수 있는 거냐? 자세한 상황을 말해 보아라."

　"루비아나 성의 주위로는 차원괴류가 흐르고 있었습니다."

"차원괴류라고? 그게 정말이냐?"

"예, 로드."

그러자 불칸뿐만 아니라 프리뭄 등도 깜짝 놀란 표정이었다.

"설마 차원괴류를 무시한 채 돌진했다는 건가?"

"예, 저는 말렸지만 파르팔라 님과 크리잘리드 님이 전투력이 약간 떨어져도 그깟 미스토스 상급 기사 따위는 이길 수 있다면서……."

"뭐라? 이런 멍청한 놈들 같으니!"

불칸이 한숨을 내쉬었다.

"명색이 제69위 중마왕과 제77위 중마왕이란 녀석들이 그토록 생각이 없단 말이냐?"

"제가 말리자 겁나면 들어오지 말고 대기하라고 했습니다."

"그래서 너 혼자 살 수 있었던 거군. 차원괴류 안쪽에서 그놈들이 죽는 걸 보았느냐?"

"예. 로이스란 놈뿐만 아니라 용자 수십 명과 미스토스 상급 기사들이 그곳에서 대기하고 있었습니다."

그러자 프리뭄이 차갑게 눈을 빛냈다.

"수십 명의 용자들과 미스토스 상급 기사라니! 그놈들이 작정하고 그곳에서 함정을 파 놓고 기다리고 있었던 게 분명하군요."

그녀는 불칸을 바라보며 말을 이었다.

"차원괴류가 흐르고 있다면 그곳을 공격하는 건 현명한 일이 아니에요. 제라칸의 부탁은 일단 무시하는 게 좋겠어요."

Chapter 6
용병패 갱신

불칸이 고개를 끄덕였다.

"물론이다. 로이스란 놈이 대단한 실력을 가진 것이라기보다는 용자들이 배후에서 그놈을 이용해 함정을 파고 있던 것이 분명해. 우리가 거기에 말려들 필요는 없겠지."

"맞아요, 로드. 제라칸에게는 다른 보상을 내리시고 당분간 모든 마왕들에게 차원괴류가 있는 그곳에 대한 접근금지령을 내리는 게 좋겠어요."

"그렇게 하라."

차원괴류는 대마왕 불칸에게도 매우 꺼려지는 장소였다.

차원괴류에 노출되면 그의 전투력이 일개 상마왕 수준으

로 하락해 버릴 수 있기 때문이다.

물론 일시적인 일이겠지만 그사이 절대용자들의 공격이라도 받게 되면 낭패인 것이다.

프리뭄도 그 사실을 잘 알고 있는 터라 치를 떨며 말했다.

"분명 절대용자 놈들이 로이스란 놈을 배후에서 조종하면서 우리를 그곳으로 끌어들일 계략을 짜 둔 것이겠죠."

"그곳은 절대용자들을 다 없애고 나머지 용자들도 다 씨를 말린 후에 달리 할 일이 없으면 그때 천천히 손을 보겠다. 그때까지 그 누구도 루비아나 성 근처로 얼씬도 하지 말라 전해라, 프리뭄."

"예, 로드."

프리뭄이 공손히 허리를 숙였다. 곧바로 불칸은 대전 바닥에 엎드려 있는 탈락티스를 향해 말했다.

"탈락티스! 네놈은 전쟁에서 패하고 도주했으니 벌을 받아야 마땅하지만 그래도 차원괴류를 이용한 용자들의 간계를 알아 온 공로를 참작해 벌은 면해 주겠다. 돌아가서 근신하라."

"살려 주셔서 감사하옵니다."

탈락티스는 최대한 감격해 하는 표정으로 머리를 바닥에 쿵 박았다.

그러나 바닥을 향해 있는 그의 입가에는 알 수 없는 미소가 맺혀 있었다.

'미스토스 상급 기사 로이스! 아직은 그대가 불칸의 경계를 받아서는 안 된다.'

그렇다. 그는 일부러 거짓 보고를 해 로이스에 대한 불칸과 프리뭄 등의 경계심을 없애 버린 것이다.

루비아나 성에 수십 명의 용자들과 미스토스 상급 기사들이 있었다고 말해 로이스 혼자서 중마왕 둘을 처치한 것이 아닌 것처럼 보이게 했다.

파르팔라 등이 차원괴류의 틈을 발견해 들어간 것을 숨긴 이유도 바로 그 때문이었다. 그들이 전투력이 떨어진 상태에서 패배한 것으로 알아야 불칸이 그만큼 로이스를 덜 경계할 것이기 때문이다.

'나는 그대를 본 순간 그대야말로 미스토스 군주 레카온 님이 남긴 최후의 안배임을 알게 되었다. 하지만 내가 그대에게 해 줄 수 있는 건 여기까지다. 부디 그사이 불칸과 맞설 만큼 강해지길 바라겠다.'

놀랍게도 중마왕 중 막내이자 가장 약하고 겁이 많은 마왕으로 알려진 탈락티스가 실은 미스토스 군주 레카온이 심어 놓은 세작이었던 것이다.

대체 어떻게 마왕이, 그것도 하급 마왕도 아닌 중마왕이 부활한 상태에서까지 미스토스 군주 레카온의 밀명을 따르고 있는 것일까?

이는 매우 기이한 일이 아닐 수 없었다.

그런데 바로 그때였다.

허리를 숙인 채 뒷걸음질로 대전을 빠져나가는 탈락티스를 프리뭄이 차갑게 쏘아보며 외쳤다.

"잠깐! 그곳에 서 보거라, 탈락티스."

"……어, 어인 일이신지요, 프리뭄 님?"

탈락티스는 속으로 흠칫했지만 태연한 표정으로 프리뭄을 바라봤다.

그러자 프리뭄은 불칸을 향해 미소 지으며 말했다.

"로드! 탈락티스가 비록 전쟁에서 패하긴 했지만 용자들의 간계를 알아낸 공로는 결코 작지 않습니다. 그러니 근신을 명하시기보다는 작은 포상이나마 내려 주시는 것이 어떨까요?"

불칸이 고개를 끄덕였다.

"네 생각도 틀리지 않군. 그럼 어떤 포상이 좋겠느냐?"

"이번에 상급 용자들이 대거 죽어 그들이 지키던 세계들은 주인 없는 곳이 되어 버렸죠. 현재 중마왕들이 그 세계들을 신나게 유린하고 있는데, 탈락티스에게도 그중 하나를 내주시는 게 어떨까요?"

불칸이 미소 지었다.

"그런 정도의 보상은 주는 게 당연하겠지."

그러자 탈락티스는 반색하며 다시 넙죽 엎드렸다.

"오오! 이 미천한 놈에게 그런 놀라운 은혜를 베푸시다니요! 로드! 감사하옵니다."

"앞으로 잘하라는 것이다. 아무리 막내라지만 네놈은 중마왕이다. 하급 마왕들에게 우스운 꼴 보이지 않게 잘해라."

"예, 앞으로 지켜봐 주십시오, 로드."

"그만 가 봐라. 네게 어떤 세계들을 보상으로 줄지는 프리뭄이 알아서 할 것이다."

"예, 로드. 이만 물러가겠사옵니다."

탈락티스는 넙죽 한 번 더 절을 하고는 대마왕궁의 대전을 빠져나왔다. 그의 얼굴엔 수심이 어려 있었다.

'또 어떤 세계를 멸망시켜야 하는 건가……'

이것은 프리뭄의 시험이었다.

마왕들 중 용자들의 간세를 찾아내고자 하는 것!

따라서 만약 이 일에 일말의 망설임이라도 보인다면 곧장 의심을 받게 될 것이다.

그런 일을 피하려면 다른 마왕들처럼 끔찍스럽고도 잔혹하게 그 세계를 짓밟아야 하리라.

*   *   *

루비아나 성으로 귀환한 로이스는 부하들을 격려한 후 곧장 미스토스 용병계로 이동했다.

츠으으읏!

찬란한 마법진의 빛과 함께 로이스가 모습을 드러냈다.

'여긴 여전히 북적대는군.'

가지각색의 복장과 장비를 갖춘 온갖 종족의 용병들.

저들 중 대부분은 미스토스 병사들이었다.

그중 일부가 미스토스 기사들이고, 그 기사들 중에서 상급 기사들은 극히 소수라 했다.

모두 미엘에게 들은 얘기였다.

'오늘은 미엘이 안 보이네.'

미엘이 와서 용병패를 손봐 줘야 명성이나 칭호 같은 것이 갱신되니 그녀를 꼭 만나야 했다.

[이름] 로이스

[신분] 미스토스 상급 기사

[직업] 검사

[용병계 칭호] 처음처럼

[명성] 881

[업적] 1건
[용병 고용료] 11카퍼스

현재 로이스의 용병패에 나와 있는 내용은 예전 그대로
였다.

그사이 중마왕 다섯 명에 하급 마왕도 다섯 명을 해치웠
지만 말이다.

물론 그중에서 일부는 용자 유리안의 개인 의뢰였고, 또
한 루비아나 성을 공격한 파르팔라 등을 해치운 것도 용병
계와는 관련 없는 일이었다.

그래도 슐라흐트와 바탈리아, 헬자르크 등을 비롯한 중
마왕들과 그곳에 있던 하급 마왕들을 해치운 것은 명성에
반영될 것이 분명했다.

과연 명성이 얼마나 오를 것인가?

마왕을 한 번 해치우면 명성이 최소 10만 정도 오른다고
했다.

하급 마왕 세 명에 중마왕 세 명이면 명성이 얼마나 되는
걸까?

빨리 미엘이 와야 알 수 있을 것이다.

칭호도 '처음처럼'과 같은 없어 보이는 것 말고 뭔가 그
럴듯한 것이 붙을 것이고 말이다.

'근데 대체 왜 안 오는 거야?'

그 후로 한참을 기다려도 미엘은 오지 않았다. 언제까지 이렇게 기다리고 있을 수는 없는 일이었다.

'하긴 용병들이 저토록 많으니 미엘도 바쁘겠군.'

그러다 문득 한 가지 기억이 났다.

'맞아. 미엘이 용병계에 와서 자기가 없으면 저기 보이는 건물에 들어가 보라고 했어.'

수많은 건물들 사이에 마치 산처럼 우뚝 솟아 있는 거대한 탑 같은 건물. 그곳은 용병계의 용병들을 관리하는 관청 같은 곳이라 했다.

로이스의 용병패도 그곳에 가면 새로 갱신될 수 있을 것이다.

'그럼 나도 가 볼까?'

그런데 잠시 후 그곳에 도착한 로이스는 멍한 표정을 지었다.

그 건물 안에서 밖으로 언뜻 봐도 수만 명은 넘어 보이는 용병들이 줄을 지어 서 있었던 것이다.

"이봐, 오크! 이 엄청난 줄은 뭐냐?"

로이스는 막 줄을 서는 덩치 큰 오크 용병에게 물어봤다. 그는 체란산의 오크 대장 라개드를 연상케 할 만큼 크고 건장한 체격을 가지고 있었다.

"뭐긴. 다들 용병패를 갱신하기 위해 줄을 서 있는 거지."

"뭐가 이리 많아?"

로이스는 어이가 없었다. 여기 오면 쉽게 용병패를 갱신할 수 있을 줄 알았는데, 이 줄을 서고 있느니 차라리 미엘을 기다리는 게 나을 것 같았다.

"그리고 나 오크 아니니 두 번 다시 그렇게 부르지 마라. 나는 느크족 출신 미스토스 기사 아브나흐다."

아브나흐는 매우 기분 나쁘다는 표정으로 말했다. 로이스는 머쓱한 표정으로 웃었다.

"느크족이었나? 하하, 오해해서 미안하다."

겉모습은 영락없이 오크인데 오크가 아니라고 하니 헛갈릴 수밖에.

로이스가 사과하자 아브나흐는 의외로 화끈하게 사과를 받아 주었다.

"크흐흐! 뭐, 미안할 것까지야. 내가 봐도 난 오크처럼 생기긴 했으니 그리 오해해도 어쩔 수 없지. 하지만 또다시 날 오크라고 부르면 그땐 나와 싸우자는 걸로 알겠다."

"알았다. 조심하지."

그리고 보면 미스토스 상급 기사 거무즈도 느크족이라고 했다.

'느크족은 몬스터처럼 생겼지만 몬스터는 아닌 녀석들

이 모여 있는 종족인가?'

어쩌면 용병들 중에 흉측한 몬스터 형상을 가진 녀석들은 느크족일지도 모른다.

로이스는 아브나흐를 향해 물었다.

"그보다 대체 왜 용병패의 갱신이 이렇게 어려워진 거냐?"

"대마계 중마왕들에게 상급 용자들이 대거 죽은 이후로, 용자들과 우리 미스토스 용병계의 사이가 극도로 악화된 상태야."

"사이가 나빠졌다고?"

"그렇다. 용자들은 우리 용병계에서 마왕들과 손을 잡았다고 의심을 하고 있어. 그러나 반대로 우리들은 절대용자 중 누군가가 배신을 했다고 생각하고 있지."

"바보들이군. 그런 식으로 서로를 의심하는 거야말로 마왕들의 수작에 넘어가는 거라고."

"크크, 그럴지도 모르지. 하지만 어쩌겠나. 나조차도 용자들이 의심되는 걸. 아무튼 그런 건 우리 같은 하급 기사가 따질 일도 아니지. 저 위에 계신 상급 기사 분들이나 군주님들이 고민하실 일이니까."

아브나흐는 로이스가 보통의 미스토스 기사라 생각한 모양이었다.

하긴 얄보이기 전술이 상급에 이른 이후부터 로이스의

기세는 점점 더 평범해지고 있으니 그럴 만했다.

상급 기사들 특유의 칼날같이 강인한 기세가 전혀 풍기지 않았으니까.

그렇다고 로이스는 굳이 자신의 기세를 드러낼 생각은 없었다. 약한 녀석들 앞에서 힘을 뽐내는 건 전혀 흥미롭지 않은 일이니까.

"근데 그거하고 이게 무슨 상관이 있는 거지? 왜 갑자기 용병패의 갱신이 이렇게 힘들어진 거야?"

"그야 미스토스 때문이지."

"미스토스가 왜?"

"용자들이 우리 용병계에 정식으로 의뢰를 하면 용병 고용료 이외에 용병계 자체에 소정의 미스토스를 지불하게 되어 있다. 이 거대한 관청 같은 곳이 유지되는 것도 다 그렇게 얻은 미스토스 덕분이니까. 그런데 용자들이 용병계에 의뢰를 하지 않게 되면 어떻게 되겠냐?"

"용병계에 미스토스가 많이 부족해지게 되겠지."

"크크, 잘 아는구나. 그러니 개별적으로 용병들을 담당하던 안내자들을 모두 해고해 버린 거다. 잡다하게 나가던 미스토스의 지출을 줄이기 위해서야. 필요하면 우리보고 직접 이곳에 와서 하라는 거지. 제기랄! 귀찮아도 별수 있냐. 줄 서서라도 해야지."

"그런 거였나."

결국 미엘도 해고되어서 오지 않은 것이었다. 그것도 모른 채 계속 기다리고 있었다니.

그런데 그사이 로이스의 뒤쪽으로도 백여 명 가까운 용병들이 줄을 서고 있었다. 그 뒤로도 줄은 계속 이어질 기세였다.

"그럼 지금은 용병패 갱신을 할 필요가 없잖아. 어차피 용자들에게 잘 보이려고 하는 건데 왜들 줄을 서고 있는 거지?"

"그걸 몰라서 묻는 거냐? 공식적으로는 사이가 멀어졌다지만, 일부 용자들은 개별적으로 우리를 고용하려 들 거다. 그때를 위해 용병패를 갱신해 둬야지. 먹고 살려면 귀찮아도 갱신은 필수야. 명성을 1이라도 더 올려놔야 용자들이 좋게 볼 거니까."

"그렇군."

로이스는 한숨을 내쉬었다. 결국은 용자들의 미스토스에 기대야 하는 처지들이다 보니 이렇게 명성에 목을 매는 모양이었다.

그러나 사실 로이스는 굳이 그럴 필요가 없었다.

미스토스야 그 스스로 나가서 몬스터들이나 마족, 마왕들을 해치우면 얼마든지 얻을 수 있기 때문이다.

로이스는 그저 좀 더 있어 보이는 칭호 좀 얻고자 명성이 필요했을 뿐이다.

고작 그것을 위해 수만 명이나 되는 줄을 기다린다는 건 미친 짓이리라.

'상급 기사의 전당에나 가 보자.'

용병패의 갱신에 관심이 없어진 로이스는 곧바로 상급 기사의 전당으로 향했다.

잠시 후 정문 앞에 도착해 용병패를 보여 주자 경비병이 정중하게 인사했다.

"미스토스 상급 기사이신 처음처럼 로이스 님이시군요. 안으로 들어가셔도 좋습니다."

"그래."

로이스는 쓴웃음을 지으며 안으로 들어갔다.

'젠장! 칭호는 좀 빼고 말하지.'

용병패를 갱신하지 못한 상황이라 어쩔 수 없었다.

홀로 들어가니 지난번과 달리 거의 텅 비어 있었다. 하나의 테이블에 상급 기사 세 명이 앉아 차를 마시고 있을 뿐이었다.

심지어 그때는 수십 명도 넘게 보이던 메이드 소녀도 단 한 명뿐이었다.

그 한 명의 메이드 소녀가 로이스에게 빙긋 미소를 지으며 다가왔다.

"어서 오세요, 상급 기사님. 저는 메이드 제드라예요. 무엇을 도와 드릴까요?"

제드라는 푸른색 뿔테 안경을 끼고 백색의 아름다운 드레스를 입은 미소녀였다.

"미스토스 군주 아스텔을 만나 보고 싶은데?"

"군주 아스텔 님은 매우 바쁘신 터라 지금은 만나실 수 없어요."

"다른 군주라도 상관없어."

"군주 루나 님과 마르스 님도 마찬가지세요."

"그럼 언제 만날 수 있지?"

"죄송하지만 그건 제가 알 수 없어요. 일단 접견을 원하신다고 요청해 두시면 언젠가 군주님께서 편하신 시간에 기사님을 부르실 거예요."

"그럼 요청할게. 아무 군주든 상관없으니 내가 좀 보자고 한다 전해."

"네, 그럼 용병패를 보여 주세요."

"여기."

"처음처럼 로이스 님이시군요. 군주님들께 접견을 요청하신다고 정식으로 등록해 둘게요."

"그래."

"여기 다시 용병패를 받으시고 아무데나 편하신 곳에 앉으세요. 맛있는 차와 과자를 가져다 드릴게요."

"그럼 고맙지."

"고맙긴요. 당연한 일인 걸요. 호호호!"

최대한 상냥해 보이는 표정과 웃음.

로이스가 불쑥 물었다.

"근데 넌 왜 그렇게 긴장하면서 더 친절하려고 기를 쓰는 거야?"

순간 제드라가 움찔하더니 걱정스러운 표정으로 물었다.

"혹시 불편하셨나요? 정말 죄송합니다. 앞으로 조심하겠어요."

"하핫! 불편하긴. 난 좋아. 친절한 게 싫을 리가 없잖아."

"그럼 다행이고요."

제드라는 가슴을 쓸며 안도하는 듯했다. 로이스는 다시 물었다.

"난 그냥 궁금해서 물어보는 거야. 넌 왜 그렇게 더 친절하려고 애를 쓰는 거지?"

그러자 제드라는 로이스를 물끄러미 쳐다봤다. 천진난만하게 빛나는 로이스의 눈빛을 보며 그녀는 정말로 그가 몰라서 물어본다는 것을 알 수 있었다.

"실은 상부에서 미스토스 지출을 줄이기 위해 저희 같은 메이드들도 대폭 해고했어요. 그래서 저를 비롯해 평판이 좋게 난 소수 메이드만 간신히 남아 있거든요. 혹시라도 불친절하면 해고당할지 몰라서 노력 중이에요."

"그런 거구나. 고생이 많네."

"아니에요. 마땅히 해야 할 일이죠. 그럼 저는 가서 차를 내올게요."

"그래."

로이스는 고개를 끄덕이고는 근처의 비어 있는 테이블 앞에 털썩 앉았다.

'미스토스 때문에 다들 힘들어하는군.'

그런데 아무리 생각해도 이것은 아니었다.

이번 중마왕 기습 작전이 실패하고 그들에게 역습을 당했다 하지만, 그 일로 이렇게 용병계와 용자들이 거리를 두는 건 현명한 일이 아닌 것이다.

하지만 군주들 중 누구도 만날 수 없다고 하니 지금 로이스가 할 수 있는 일은 없었다.

그런데 그때 막 홀 안으로 들어오는 낯익은 녀석을 발견했다.

다름 아닌 리자드맨 상급 기사 란데프.

이전에 중마왕 헬자르크를 기습하러 갈 때 로이스가 소속된 부대의 부대장이었다.

"이봐, 리자드맨! 살아 있었냐?"

그러자 란데프가 고개를 힐끗 돌려 로이스를 바라보더니 어깨를 으쓱했다.

"뭐냐, 로이스란 녀석이었군."

그는 그대로 다가와 로이스의 맞은편에 털썩 앉더니 인상을 구기며 말했다.

"그나저나 몰라서 그러는 거냐? 아니면 일부러 시비를 거는 거냐? 나 리자드맨 아니야."

"혹시 너도 느크족이냐?"

"잘 알고 있으면서 왜 그딴 걸로 신경을 긁는 거냐? 제길! 그렇지 않아도 심난해 죽겠는데 말이야."

란데프는 무슨 일 때문인지 기분이 몹시 좋지 않아 보였다.

로이스는 픽 웃었다.

"리자드맨이라고 한 건 사과하겠다. 그보다 너라면 좀 알고 있겠군. 대체 그 일은 어떻게 된 거지? 어째서 중마왕들이 용자들의 작전을 다 알고 있었던 거야?"

"나도 몰라. 누군가 배신을 한 건 확실하지만 아직 그에 대해 알아낸 건 아무도 없어."

란데프는 침울한 표정으로 대답했다. 로이스는 고개를 끄덕였다.

"그렇군. 그래서 용자들을 의심하는 거야?"

"누구라도 의심할 수밖에 없지. 솔직히 모두가 의심 대상이라고 보면 될 거다. 로이스 너라고 예외는 아니야."

"뭐? 나를 의심한다고?"

"너뿐 아니라 나도 마찬가지야. 상급 기사 이상은 단 한 명도 빼놓지 않고 조사 중이라고 알고 있어. 당시 그 작전을 알고 있던 이들 모두가 조사 대상이라는 거지."

그러다 란데프는 돌연 픽 웃었다.

"하긴 너 같은 풋내기는 굳이 걱정하지 않아도 될 거다. 중마왕들을 기습하는 모든 작전을 다 알 만한 이들은 극히 일부에 불과하니까. 솔직히 넌 날 따라나선 것 외에는 아무것도 모르잖아."

"그건 그렇지."

"다른 상급 기사들도 마찬가지야. 모두들 자신들이 투입된 작전 외에는 모른다고. 용병계에는 배신자가 나올 수 없다는 뜻이지."

"역시나 용자들을 의심하고 있군."

"애초부터 그 작전을 짠 건 용자들이다. 우린 의뢰를 통해 도와주러 간 것뿐이고."

"너도 용자들을 의심하고 있어?"

"용자들 중에 타락한 용자는 간혹 나오니까. 이번에 중마왕들과 함께 용자들을 죽인 녀석들 중에 타락한 용자가 있던 것처럼 말이야."

"설마 절대용자까지 된 자들이 변절했을까?"

"그야 모르는 일이지."

그때 메이드 소녀 제드라가 다과를 테이블에 내려놓으며 미소 지었다.

"그럼 맛있게 드세요, 로이스 님."

"고마워."

그러자 제드라는 란데프에게 환하게 웃으며 인사했다.

"안녕하세요, 강철 주먹 란데프 님. 무엇을 도와 드릴까 요?"

"나도 차와 과자를 부탁해, 제드라."

"네, 조금만 기다려 주세요."

제드라는 상냥한 미소를 지어 보이고는 주방으로 향했다.

로이스는 대충 과자와 차를 입안에 털어 넣고는 일어났 다.

"나는 그만 가야겠다. 다음에 보자, 란데프."

"어디 갈 데는 있는 거냐, 로이스?"

"무슨 소리야?"

"없으면 내 부대에 들어와. 비록 요즘 상황이 안 좋지만 그래도 여전히 날 찾는 용자들은 있거든."

"괜찮아. 난 혼자 잘할 수 있어."

"쯧, 남 밑에 있기 싫어서 그런가 본데 그러다 고생만 할 거다. 이런 때 너처럼 명성이 없는 녀석들은 상급 기사라 해도 굶어 죽기 십상이야. 내 밑에 있으면 최소한 미스토스가 떨어져 궁상을 떨 일은 없을 거다."

그러자 로이스는 픽 웃었다.

"걱정해 줘서 고맙다만 나도 아는 용자 있어."

"흐흐, 곧 죽어도 큰소리구나! 네가 아는 용자가 어디 있겠냐? 짜식이 자존심은 있어 가지고! 뭐 어쨌든 네 마음이 그렇다면 어쩔 수 없지. 다음에 보자."

란데프는 잘 가라는 듯 손을 흔들었다.

그러다 그는 돌연 누굴 봤는지 벌떡 일어나 허리를 공손히 숙였다.

"핫! 블러디 나이트 거무즈 님을 뵙습니다."

"어라? 네놈은? 란데프! 너 요즘 제법 많이 유명해졌더라. 강철 주먹이란 칭호도 달고 말이야."

"헤헤! 다 거무즈 님이 도와주신 덕분이죠."

"하긴 너 풋내기 때 내가 많이 도와주긴 했지. 첫 의뢰도 실패해서 개망신 당하던 녀석을 내가 직접 부대원으로 받아 주고 챙겨 줬던 기억이 나는군."

"아직도 그때만 생각하면 눈물이 납니다. 거무즈 님이 아니었다면 저는 지금도 다음엔 좀 잘하자, 는 칭호를 달고 있을 겁니다."

"하하하하! 어쨌든 잘 지내고 있는 것 같아 다행이구나. 그보다 요즘은 힘든 일 없어? 갑자기 용병계 상황이 안 좋아져서 미스토스를 벌기도 쉽지 않을 텐데 말이야."

"그럭저럭 버티고 있습니다만 시원찮죠 뭐. 혹시 좋은 일거리가 있으면 좀 부탁드립니다. 거무즈 님이야 워낙 명성이 높으시니 요즘 같은 때도 일거리가 넘쳐 나시겠군요."

"기다려 봐. 일거리는 충분하지만 요즘 하도 그런 부탁을 하는 녀석들이 많아서 말이야. 어쨌든 네 녀석에게도 하나 괜찮은 일거리를 챙겨 줄 테니 염려 마라."

"네, 그럼 거무즈 님만 믿고 있겠습니다, 헤헤."

괜찮은 일거리를 준다는 말에 란데프는 만면에 미소를 지으며 굽실거렸다.

그런데 그때였다.

란데프 앞에서 온갖 거드름은 다 피우던 거무즈가 돌연 흠칫 놀라더니 재빨리 고개를 다른 곳으로 돌리는 것이었다.

그리고는 마치 바쁜 일이 있다는 듯 다시 홀 밖으로 나가려고 했다.

"어이! 애송이 오우거! 오랜만이야~"

순간 로이스가 못마땅한 표정으로 거무즈를 불렀다.

이에 란데프가 기겁하며 달려와 손으로 로이스의 입을 막았다.

"이봐, 너 미쳤냐?"

"읍!"

블러디 나이트 거무즈에게 애송이 오우거라고 말한다는 건 죽으려고 환장을 하지 않고서는 할 수 없는 일이었다.

그런데 이상하게도 거무즈는 그 말을 못들은 척 더 빠른 속도로 걸음을 옮기고 있었다.

"아, 요즘 내가 몸살이 났는지 귀가 좀 멍멍하네. 오늘은 이만 좀 쉬어야겠군."

그 말을 하며 어찌나 빠르게 걷는지 뭔가 초조해 보일 정도였다.

그러나 란데프는 오히려 가슴을 쓸며 안도했다.

'귀가 멍멍해서 못들은 게 분명해. 휴, 다행이다.'

방금 전 로이스가 한 말을 거무즈가 못 들었다 생각한 것이다.

슥.

그런데 란데프의 앞에 있던 로이스가 번쩍 사라지더니 거무즈의 앞에 나타났다.

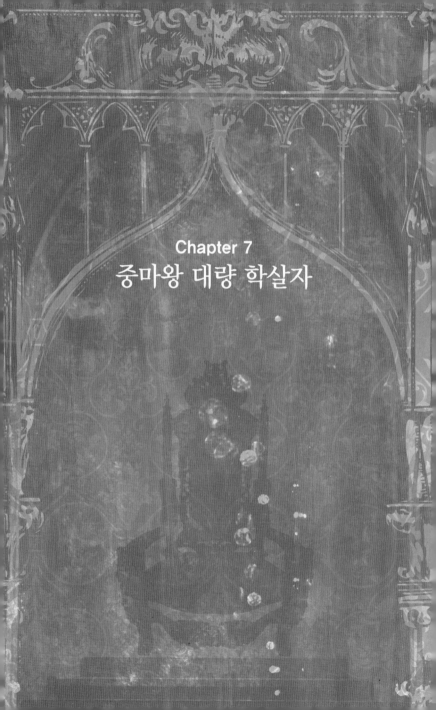

Chapter 7
중마왕 대량 학살자

"헉!"

거무즈가 움찔하며 멈춰서더니 서서히 뒷걸음질 쳤다.
로이스가 손가락을 까닥였다.

"그 자리에 딱 멈춰."

"윽!"

"너 일부러 못 들은 척했지?"

"글쎄! 나보고 뭐라고 했냐?"

"홋, 시치미를 떼는 건가? 하긴 넌 지난번에도 날 보고
못 본 척했었지."

"하하하하! 잘못 봤겠지. 절대 그런 일 없어."

거무즈는 울상을 지었다.

'크흑! 하필이면 이놈을 이곳에서 만나다니.'

블러디 나이트 거무즈의 체면이 말이 아니었던 것이다.

그러나 로이스와 두 번이나 결투를 벌여 봤던 터였다.

처음에는 멋모르고 당했다 쳐도, 두 번째 결투에서는 전력을 다했지만 로이스가 검 한 번 휘두르자 두 쪽이 나고 말았다.

그때만 생각하면 지금도 가슴이 철렁했다.

그런데 그사이 멀리 앉아 있던 상급 기사들은 물론이고 란데프와 메이드 소녀 제드라까지 두 눈을 휘둥그레 뜬 채 로이스와 거무즈를 쳐다보고 있었다.

'크으! 안되겠군. 여기 있다간 무슨 망신살이 뻗칠지 몰라.'

거무즈는 잽싸게 로이스의 팔을 잡고 밖으로 나갔다. 로이스가 물었다.

"어딜 가는 거냐?"

"우하하하! 여기서 이럴 게 아니라 모처럼 만났으니 내가 한턱내겠다. 우리 집으로 가자."

"집도 있냐?"

"물론이지. 여긴 미스토스만 많으면 뭐든 할 수 있는 곳이다."

"미스토스로 집도 살 수 있다는 거야?"

"그것도 모르다니! 대체 넌 아는 게 뭐냐? 아무튼 저 앞에 수많은 건물들이 보이느냐?"

"응, 보인다."

"그 건물마다 다 주인이 있어. 미스토스가 많으면 그런 건물의 주인이 되는 거고 부족하면 세 들어 사는 거지."

"다 주인이 있다고?"

"물론 대부분 용병계의 관청에서 보유한 건물이지. 미스토스가 많으면 관청에서 원하는 건물을 살 수 있거든. 사실 나처럼 개인 저택을 가진 이들은 많지 않다."

용병계에서는 미스토스가 돈처럼 쓰이며 용병들이 그걸로 생활을 하는 모양이었다.

하긴 그러니까 미스토스를 벌기 위해 용병들이 용자들에게 고용되어 죽을힘을 다해 싸우는 것이리라.

"그래서 너의 집은 어딘데?"

"바로 저거다."

거무즈는 멀리 보이는 꽤 근사한 저택을 가리켰다.

사르곤 제국에서 귀족들이 살 법한 커다란 저택으로 여러 채의 건물과 정원등으로 이루어져 있었다.

그러나 로이스는 시큰둥했다.

그래 봤자 릴리아나의 꽃밭에 있는 로이스의 궁전이 가진 화려함에 비하면 애들 장난 수준도 안 되었기 때문이다.

"꽤 크네."

상급 기사로서 명성이 자자한 만큼 제법 많은 미스토스를 보유했을 것이고, 그러다 보니 이런 저택도 가지고 있는 모양이었다.

"쿠후후, 미스토스 800카퍼스를 주고 산 거야."

"800카퍼스라. 비싼 거냐?"

결코 적은 미스토스는 아니었다. 로이스에게는 별거 아니긴 하지만 말이다.

"무척 비싼 거다. 목숨 같은 미스토스를 집 사는 데 다 쓸 수는 없으니 여유분으로 사야 하거든."

"하긴. 1옵소니온에 목숨을 거는 녀석들도 있다고 듣긴 했다."

"물론이다. 저기 보이는 건물들 사이로 빽빽하게 난 창문들 보이지? 그들은 저런 비좁은 집에서 산다. 위치나 크기에 따라 1년에 1옵소니온에서 비싸면 100옵소니온 정도 되는 세를 내면서 말이야."

"그렇군."

로이스는 고개를 끄덕였다.

'왜들 이런 곳에서 모여 사는 거지? 하긴, 릴리아나는 나처럼 수호 요정이 있는 미스토스 용병은 매우 희귀하다고 했어.'

로이스와 달리 대부분의 미스토스 용병들은 용병계를 거점으로 두고 살지 않으면 안 되는 것이다.

용병들은 무수히 많은데 용병계의 공간은 한계가 있는 모양이었다.

그러다 보니 저런 괴상하게 높은 탑 같은 집에서 벌떼처럼 모여 살고 있는 것이리라.

그렇게 걷다 보니 어느새 거무즈의 저택 앞이었다.

"돌아오셨습니까, 마스터?"

정문이 열리더니 흑색의 번쩍이는 정장을 입은 미노타우루스가 나와 공손히 허리를 숙였다.

"하센! 오늘은 친구를 데리고 왔으니 각별히 신경 써라. 이 녀석은 미스토스 상급 기사 로이스야."

"예, 마스터."

하센이라 불리는 미노타우루스는 로이스를 향해 곧바로 정중히 인사했다.

"방문을 환영합니다, 로이스 님. 저는 집사인 하센입니다. 필요하신 것이 있으면 뭐든 저에게 말씀하시면 됩니다."

"그래. 반가워."

로이스는 고개를 끄덕였다.

'집사를 미노타우루스로 고용하다니. 취향도 독특하네.'

하긴 겉모습은 미노타우루스지만 사실은 몬스터가 아닌 느크족일 수도 있었다. 섣불리 몬스터로 속단해서는 안 될 것이다.

그런데 그때 뒤쪽에서 누군가 휘파람을 불었다.

"휘우우! 거무즈 님! 지금 집에 들어가십니까?"

"아니, 네 녀석은?"

거무즈는 고개를 돌리고는 기막혀하는 표정을 지었다. 다름 아닌 상급 기사 란데프가 두 눈을 초롱초롱 번쩍이며 그곳에 서 있었던 것이다.

"헤헷! 지나가던 길인데 거무즈 님이 보이기에 인사를 드리려 했지요."

지나가던 길은 무슨! 상급 기사의 전당에서부터 뒤따라온 것이 분명했다. 로이스와 거무즈가 무슨 사이인지 궁금해서일 것이다.

'크! 저 너구리 같은 녀석을 속이기란 불가능한 일이지.'

거무즈는 어쩔 수 없다는 듯 고개를 끄덕였다.

"들어와서 저녁이나 먹고 가라."

"헤헷! 감사합니다, 거무즈 님. 로이스 님, 그럼 실례 좀 하겠소. 하핫."

뜻밖에도 란데프는 로이스를 향해서도 아까와 달리 공손한 태도를 보였다.

척하면 착이라고!

거무즈가 말을 하지 않아도 로이스가 어떤 존재인지 그 역시 대충 눈치를 챈 것이었다.

"서 있지들 말고 들어와. 하센, 바로 식사를 할 거니 최대한 멋진 만찬을 준비해라."

"예, 마스터."

하센은 꾸벅 허리를 숙이고는 바쁘게 걸어갔다.

로이스는 거무즈의 안내를 받아 식당으로 가면서 집을 둘러봤다.

'덩치 큰 녀석이 사는 곳답게 모든 게 크군.'

천정만 해도 10로빗(m)은 되어 보이는 높이였다. 거실의 소파는 물론 탁자나 물 잔조차도 컸다.

그러나 신기하게도 로이스가 물 잔을 잡자 마시기 딱 좋은 적정한 크기로 잔이 줄어들었다.

의자도 마찬가지였다.

식탁에 맞게 의자가 쭉 올라가서 음식을 먹기 불편하지 않게 해 주었다.

"별게 다 있군."

"의자는 물론 물 잔이나 포크조차도 모두 미스토스로 산 도구들이지. 흐흐, 뭘 그런 것 가지고 놀라는 거냐?"

"헤헤! 거무즈 님처럼 미스토스가 많은 상급 기사가 아니면 꿈도 못 꾸는 일이지 않습니까? 저는 아직도 이만한 집을 마련하려면 멀었습니다."

주방에는 요리사 복장을 한 트롤과 사이클로프스들이 분주하게 돌아다녔다.

또한 메이드복을 입고 있는 녀석들도 모두 자이언트 오크나 리자드맨 형상을 가진 녀석들이었다. 다들 느크족일 것이다.

보통의 사람들이라면 불안해하겠지만 로이스의 두 눈은 반짝였다.

'후후, 어떤 음식이 나올지 기대가 되는 걸.'

뭐가 나오든 사람 고기만 아니라면 로이스야 얼마든지 먹을 수 있었다. 한때 체란산과 오보츠 숲에서 뭐든 다 먹어 치웠던 무시무시한 포식자가 아니었던가.

그런데 막상 나오는 요리들을 보니 기대했던 기괴한 것들이 아니었다.

잘 구워진 스테이크와 삶은 감자, 갖가지 부드러운 빵과 수프, 양젖과 야채, 과일 등 인간들이 먹는 흔한 요리들.

"너 항상 이런 걸 먹느냐?"

로이스가 인상을 찌푸리며 묻자 거무즈가 당혹스러워하는 표정을 지었다.

"물론이다. 혹시 입맛에 안 맞는 거냐?"

"아니. 그럴 리가 없지. 너무 입맛에 잘 맞는 거라 이상해서 말이야. 너라면 뭔가 특이한 걸 먹을 줄 알았거든."

그러자 거무즈가 로이스를 잡아먹을 듯 노려봤다.

"설마 내가 진짜 오우거처럼 날고기라도 먹을 거라 생각했던 거냐? 다시 말하지만 난 오우거가 아니라 느크족이야. 날고기 따위는 절대 먹지 않는다. 스테이크도 반쯤 익히지 않고 완전히 익힌 것만 먹는다는 말이다!"

란데프 역시 로이스를 노려봤다.

"그건 나도 마찬가지요. 혹시 내가 리자드맨처럼 생겼다고 생고기를 뜯을 거라 생각했다면 그야말로 착각이오."

"하하, 알았어. 난 절대 그런 생각 안 하니 염려들 마."

로이스는 씩 웃으며 스테이크를 포크로 찍어 먹었다. 거무즈가 히죽 웃으며 말했다.

"로이스, 지금 네가 먹는 스테이크는 아드리아 대륙의 푸른 초원에서 자란 송아지 고기다. 그리고 그 옆의……."

"잠깐, 지금 뭐라고 그랬어?"

로이스가 돌연 스테이크를 먹다 말고 거무즈를 노려봤다. 거무즈는 고개를 갸웃했다.

"왜 그러지? 고기가 덜 구워지기라도 했느냐?"

"그게 아니라 방금 전 무슨 대륙이라고 했지?"

"아드리아 대륙 말이냐?"

"그래. 바로 그거야. 진짜 이 스테이크가 아드리아 대륙에서 난 고기냐?"

"크큿, 맞아. 너도 그곳을 아는가 보구나. 꽤 멋진 곳이었지. 최근에는 마왕들에게 넘어가 버렸지만 말이야."

로이스의 두 눈이 강렬히 빛났다.

"자세히 얘기해 봐. 거기가 지금 어떻게 됐다고?"

아드리아 대륙은 선친인 용자 카디나스가 지키던 곳이다.

로이스가 태어났던 땅이기도 하다.

그곳의 이름을 이렇게 듣게 될 줄이야.

그러자 거무즈가 입을 열었다.

"별걸 다 궁금해 하는군. 거긴 오래 전 용자 카디나스란 자가 지키던 땅이었지만 중마왕 하이무카루스에 의해 용자가 죽고 나선 폐허로 변해 버렸지. 그런데 하이무카루스 또한 미스토스 군주 레카온에게 죽었고, 그 후 아드리아 대륙은 한동안 수호자가 없는 땅이었다."

"그래."

거기까지는 로이스도 알고 있는 사실이었다.

"다행히 상급 용자 중 하나가 그곳 대륙을 지켜 준 덕분에 그곳 대륙은 조금씩 회복되고 있었지."

"마왕에게 다 죽은 게 아니었던가?"

"마왕들이 대륙을 점령한다고 인간을 다 죽이진 않는다. 대부분 노예로 부리기 위해 살려 두고 온갖 착취를 하며 말려 죽이는 편이지. 아드리아 대륙도 그런 상태였는데, 마왕이 죽자 인간 노예들은 모두 해방이 되었다."

"그렇다니 다행이네."

로이스는 음식을 먹을 생각도 안하고 거무즈의 말에 귀를 기울였다.

다른 곳도 아니고 선친이 지키던 땅이자, 그 자신이 태어난 곳이니 당연히 관심이 갈 수밖에 없었다.

"하지만 얼마 전 중마왕들에 의해 아드리아 대륙을 지켜주던 상급 용자도 죽었다. 그러다 보니 그곳은 자연스레 마왕들의 수중에 떨어지고 만 거지. 아마 지금쯤 다시 인간들은 노예가 되고 대륙은 폐허로 변했을 거다. 이 맛있는 송아지 스테이크는 또 먹기 어려울 거야."

로이스가 포크로 식탁을 쾅 찍었다.

"넌 왜 그런 걸 알고 있으면서도 가서 그 대륙을 지킬 생각을 안 하는 거냐?"

그러자 거무즈가 어이없다는 듯 웃었다.

"이봐, 난 미스토스 용병이야. 용자가 아니라고!"

"용자가 아니라서 대륙이 마왕들에게 망하는데 그냥 구경이나 하는 것이냐?"

"우린 용자처럼 성도 만들 수 없고 미스토스 방어 결계를 펼쳐 마왕과 맞설 수도 없다. 한 번 가서 마왕을 해치울 수야 있을지 모르지만 그래 봤자 한순간일 뿐이야."

거무즈는 침통한 표정으로 말을 이었다.

"나라고 마음이 편하겠냐? 하지만 그런 대륙들을 지키는 건 용자들이 하는 거지 우리 같은 미스토스 용병이 할 수 있는 일이 아니야. 그리고 지금 아드리아 대륙뿐 아니라 수백 개의 대륙이 그런 위기에 처해 있어. 대부분의 상급 용자들은 근처의 다른 대륙을 지키는 하급 용자들을 지켜 주기도 하거든. 상급 용자들이 사라진 이상 하급 용자들은 마왕들의 공격을 버텨 내지 못할 거다."

"절대용자들이 있잖아."

"상마왕들이 절대용자들을 견제해서 꼼짝 못하게 하고 있어. 우리 미스토스 용병계는 그들과 사이가 틀어진 상태고. 이대로라면 머지않아 하급 용자들 다수가 전멸하고 말겠지."

거무즈는 무척이나 상심한 표정이었다. 그 역시 그런 일이 벌어지는 건 원하지 않았지만 어떻게 해 볼 수 없는 사태인 것이다.

로이스는 고개를 끄덕였다.

"그렇다면 내게 그곳의 위치를 알려만 줘라."

거무즈의 말이 틀린 것이 아니었다. 용자들의 의뢰로 함께 움직인다면 모를까, 미스토스 상급 기사인 거무즈가 혼자서 아드리아 대륙을 지키겠다고 나서는 건 쉽지 않은 일인 것이다.

그러자 거무즈가 난색을 표했다.

"아드리아 대륙의 위치는 내가 아니더라도 관청에 가면 알 수 있다. 다만, 용자들의 의뢰로 움직이는 게 아닐 경우에는 적어도 명성이 10만 이상인 상급 기사가 아니면 포탈을 열어 줄 수 없게 되어 있다."

"명성 10만 이상이라고?"

로이스는 왠지 어이가 없었다.

그런 것도 무슨 명성에 따라 제한을 두고 있다는 말인가.

"그건 불필요한 희생을 막기 위해서다. 용병들 중에도 너처럼 마왕의 손아귀에 빠진 대륙을 구해 보겠다며 나서던 이들이 적지 않았기 때문이야. 크크큿, 물론 그들은 대부분 실패했다. 미스토스만 소모했을 뿐. 심지어 미스토스가 부족해 영원히 돌아오지 못할 길을 간 자들도 적지 않았다."

"그래서 제한을 둔 거군."

"그래. 적어도 명성 10만 이상 되는 상급 기사라면 쉽게 목숨을 잃지 않을 테니까."

로이스는 한숨을 내쉬었다.

"젠장! 그럼 난 갈 수 없겠네."

그러자 란데프가 물었다.

"로이스 님은 명성이 얼마나 되시오?"

"881."

"풉!"

란데프는 고작 그거냐고 웃으려다 거무즈가 힐끗 눈치를 주자 잽싸게 입을 닫았다. 그는 거무즈가 로이스가 화가 날까 봐 노심초사하는 모습을 보며 속으로 의문이 들었다.

'대체 거무즈 님은 왜 저 로이스란 녀석의 눈치를 보는 건지 모르겠군.'

거무즈의 태도 때문에 그 역시 로이스에게 공손하게 대하고 있으면서도 뭔가 미심쩍은 것은 어쩔 수 없었던 것이다.

한편 로이스는 속으로 고민 중이었다.

'어쩔 수 없이 그 줄을 서야 하나.'

중마왕 세 명에 하급 마왕 세 명을 해치웠으니 용병패만 갱신되면 그깟 명성 10만이야 충분히 넘을 수 있을 것이다.

이전에 미엘이 말하기를 마왕을 해치우면 명성이 최소 10만은 오를 거라고 했기 때문이다.

그때 거무즈가 잠시 고심하는 듯하다가 말했다.

"로이스 네가 정 그곳에 가고 싶으면 내가 도와줄 순 있다."

"어떻게?"

"내가 부대를 만들고 네가 부대원이 되면 된다. 그럼 내가 그곳으로 갈 때 함께 갈 수 있지."

"그것도 괜찮은 생각이군."

로이스의 표정이 밝아졌다.

일단 한 번만 가면 된다.

그러면 그 후에는 굳이 용병계의 포탈이 필요 없기 때문이다.

로이스는 군주의 반지가 가진 능력으로 인해 한 번 가 본 곳이면 어디든 이동할 수 있으니까.

"일단은 그렇게 신세 좀 지자, 거무즈. 사실 내가 용병패만 갱신되면 혼자서도 충분히 갈 수 있겠지만, 그 많은 줄을 기다리는 건 도무지 내키지 않아서 말이야."

"지금 용병패 갱신이라고 했느냐?"

"그래. 관청 앞에 줄이 엄청나게 길어서 말이야."

그러자 거무즈가 픽 웃더니 어깨를 으쓱하며 말했다.

"그건 더 쉬운 일이지. 진작 말하지 그랬냐?"

"빨리 할 수 있는 방법이 있어?"

"물론이다. 나 정도 되는 명성의 상급 기사면 미스토스 관원이 직접 집으로 찾아와 그 일을 해 준다, 로이스."

거무즈는 명성이 높다는 걸 유독 강조하며 말했다.

로이스보다 자신의 실력이 떨어지는 건 사실이니 명성이라도 자랑해야 뭔가 기죽지 않을 것 같아서였다.

"와! 정말이냐? 명성이 얼마나 높아야 그런 걸 해 주는 거야? 10만 정도면 돼?"

단순한 로이스는 확실히 부러워하는 표정을 지었다. 거무즈는 만면에 미소를 지으며 대답했다.

"내가 알기로 10만 정도로는 어림없고 대충 명성이 한 30만 정도 이상 돼야 할 거다. 뭐 어쩌면 나처럼 180만은 되어야 할지도 모르지."

"그렇군."

로이스는 시무룩한 표정으로 고개를 끄덕였다. 앞에 있던 란데프 역시 기죽은 표정을 지었다.

"으으! 저는 이제 겨우 5만이 될까 말까 인데, 거무즈 님은 180만이나 되다니 대단하시군요."

상위 열 명의 미스토스 상급 기사들과 그 아래 있는 상급 기사들의 차이가 엄청나다고 하더니 과연 틀린 말이 아니었다.

그러나 그 말을 하면서 란데프는 은근슬쩍 로이스의 표정을 살폈다.

'흐흐, 그래도 881 따위와는 비할 수 없이 높은 명성이란다. 이제 저 녀석도 나를 좀 우러러보겠지.'

그러자 과연 로이스는 다시 한숨을 내쉬었다.

그래도 이제 눈치가 제법 늘어난 로이스였다.

'이 녀석들이 지금 나에게 명성 자랑을 하고 있는 거군.'

그렇다. 거무즈와 란데프가 아닌 척하면서 명성 높다고 자랑질을 하는 것을 로이스는 눈치챈 것이다.

"그럼 그 미스토스 관원 좀 불러 봐. 네 덕에 나도 편하게 용병패 갱신을 해 보자, 거무즈."

"그야 어렵지 않지."

거무즈는 뭐가 어려운 일이냐는 듯 빙그레 웃으며 고개를 끄덕이더니 집사 하센을 불러 말했다.

"지금 당장 아무나 시켜 미스토스 관원을 이곳으로 불러와."

"예, 마스터."

하센은 저택의 밀실에 있는 수정구에 가서 마나를 주입하며 뭐라 말했다.

그러자 잠시 후 거무즈의 저택 정문 앞에 누군가 나타났다.

"미스토스 관원을 부르셨다고 해서 왔어요, 블러디 나이트 거무즈 님. 무엇을 도와 드릴까요?"

친절한 표정을 짓는 관원은 예쁘장한 여성이었다. 로이스에게도 매우 낯이 익었다.

"아니, 넌 미엘?"

"로이스 님! 이곳에는 어쩐 일이세요?"

미엘은 두 눈을 휘둥그레 떴다. 로이스는 거무즈를 가리켰다.

"이 녀석의 집에 놀러와 저녁을 먹고 있었지. 근데 넌 해고당한 게 아니었어?"

"다행히 해고는 면했고 관청에서 대기하며 일을 보는 중이에요. 로이스 님께는 여러모로 죄송하게 됐군요. 이전 같으면 제가 챙겨 드렸을 텐데요."

"죄송할 건 없어. 어쨌든 이곳에 왔으니 내 용병패 좀 갱신해 줘."

그러자 미엘이 거무즈의 눈치를 봤다.

"저를 이곳에 부른 건 거무즈 님이신데……."

거무즈의 동의가 있어야 로이스의 용병패를 갱신할 수 있다는 뜻이었다. 거무즈가 오연한 미소를 지으며 말했다.

"하하하하! 걱정 말고 용병패를 갱신해라, 미엘. 실은 로이스를 위해 내가 특별히 미스토소 관원을 요청한 것이다."

"아, 그렇군요. 그럼 잘됐어요. 로이스 님, 제게 용병패를 주세요."

"여기."

로이스는 흔쾌히 용병패를 미엘에게 건넸다.

그 순간 거무즈와 란데프의 눈빛이 번쩍였다. 과연 로이스의 명성이 얼마나 오를지 궁금하다는 듯 말이다.

'설마 그사이 마왕을 처치했을 리는 없고 마족 몇 녀석 해치웠으면 많아 봐야 1000정도. 합쳐 봤자 2000이 안되겠군.'

'흐흐, 881에서 한 몇 백 오르려나? 나처럼 만 단위가 되려면 한참은 고생해야 할 거다.'

그렇게 둘 다 뭔가 오연한 눈빛으로 로이스를 내려다보듯 쳐다봤다.

그런데 용병패를 막 갱신하고 그것을 바라보던 미엘이 잠시 넋이 나간 듯 입을 쩍 벌린 채 말을 잊었다.

"이봐, 미엘? 얼마나 올랐어?"

로이스가 궁금해서 물었지만 미엘은 멍한 표정으로 용병패만 쳐다보고 있었다.

그러자 거무즈와 란데프도 궁금해 미치겠다는 듯 다그쳐 물었다.

"뭐하는 건가, 미엘?"

"어서 로이스의 명성이 얼마나 올랐는지 말해 봐라."

그러자 비로소 미엘이 정신이 든 듯 고개를 잠시 흔들더니 한숨을 크게 몰아쉬며 말했다.

"맙소사! 제가 잘못 본 게 아니었군요. 하아! 제 눈이 잘 못된 줄 알고 깜짝 놀랐어요."

그 말과 함께 미엘은 벌떡 일어나 로이스를 향해 허리를 꾸벅 숙이며 말했다.

"정말 죄송해요, 로이스 님. 정식으로 사죄드릴게요. 예 전에 제게 마왕을 처치하실 수 있다고 말씀하셨는데, 제가 그걸 믿지 않았던 것! 진심으로 사죄드립니다. 뭐라 추궁하 셔도 할 말이 없군요. 로이스 님은 정말 엄청난 분이세요."

그 말과 함께 그녀는 최대한 공경스러운 표정을 지으며 로이스에게 용병패를 내밀었다.

슥.

로이스는 그것을 받아 들고 살펴봤다.

[이름] 로이스
[신분] 미스토스 상급 기사
[직업] 권사
[용병계 칭호] 중마왕 대량 학살자
[명성] 4,654,881
[업적] 2건
[용병 고용료] 500카퍼스

그 순간 로이스의 명성이 궁금했는지 거무즈와 란데프도 후다닥 달려와 용병패를 쳐다봤다. 그러던 그 둘은 그대로 두 눈을 부릅떴다.

"허억! 이, 이럴 수가?!"

"크아아아!"

마치 단말마와 같은 비명이 그 둘의 입에서 터져 나왔다. 너무도 놀랐기 때문이다.

그 모습을 본 로이스의 입가에 즐거운 미소가 피어났다.

"뭘 그리 놀라는 거냐? 명성 좀 오른 것 가지고."

거무즈가 기막혀하며 소리를 지르듯 외쳤다.

"이, 이게 좀이냐? 무려 460만이 넘는다고!"

"고작 업적 두 건으로 명성이 460만이라니! 게다가 중마왕 대량 학살자라니! 오오! 이게 진짜 실화입니까? 로이스님! 이건 미스토스 용병계의 영원한 전설로 남을 겁니다!"

란데프는 로이스를 무슨 신을 보는 듯 바라봤다.

"전설은 무슨! 아무튼 이 정도면 내가 혼자서도 아드리아 대륙으로 가는 건 문제없겠지?"

그러자 거무즈는 고개를 빠르게 끄덕였다.

"하하하하! 물론이다. 그뿐이겠느냐? 뭐든 네가 마음대로 할 수 있어. 아마 미엘과 같은 안내자 관원도 너의 전용 비서로 둘 수 있을 거다."

"그래?"

로이스의 두 눈이 휘둥그레 커졌다. 미엘이 미소 지었다.

"거무즈 님의 말씀대로예요. 로이스 님은 이제 상급 기사 중 세 손가락 안에 드는 명성을 가지셨거든요. 원하시면 용병계에 거하실 집과 집사 및 하인들은 물론, 저와 같은 미스토스 관원도 상주하며 로이스 님을 지원할 거예요."

"그럼 그렇게 해. 나야 편하고 좋지 뭐."

로이스는 만면에 미소를 지었다. 그러자 미엘이 기대 어린 표정으로 물었다.

"그럼 로이스 님 전용 비서로 저를 지정하실 건가요?"

Chapter 8
용족(龍族)의 절대용자

"물론이야. 아는 얼굴이 편하잖아."

"아아, 감사합니다, 로이스 님. 저의 꿈이 바로 그것이었거든요. 유명한 상급 기사의 비서가 되는 거요."

"그럼 그 꿈은 이루어진 거야. 난 앞으로 더 유명한 상급 기사가 될 거니까."

"정말 꿈만 같아요."

미엘은 눈물까지 글썽였다.

사실 관청에서 근무하면 수많은 용병들의 일을 처리해야 하니 그야말로 숨 쉴 틈도 없이 바쁘다.

그러나 이처럼 전용 비서가 되면 다른 용병들은 신경 쓰지 않고 오직 그녀가 담당하는 용병의 일만 전담하면 되는 것이다.

업무량이 대폭 줄어들 뿐 아니라 미스토스 봉급도 올라가니 모든 미스토스 관원들의 꿈과 같은 직업이라 할 수 있었다.

"젠장! 부럽군. 난 전용 비서를 고용하려면 따로 미스토스를 내야 해서 안 하고 있는데, 로이스 넌 그냥 공짜로 해 주니 말이야. 게다가 저택이랑 집사에, 하인들까지 공짜라니! 이거 명성 낮은 놈은 어디 서러워서 살겠냐?"

거무즈가 투덜거렸다. 로이스가 고개를 갸웃했다.

"너도 명성이 꽤 높은데 알아서 안 해 주는 거냐?"

"명성이 300만 이상이어야만 그런 혜택이 주어진다. 난 아직 180만이라 멀었지."

그렇게 거무즈가 침울해하자 명성 5만 남짓인 란데프는 고개까지 푹 숙인 채 청승맞은 표정을 지었다.

"크흑! 전 그냥 어디 가서 콱 죽어야겠군요. 아직도 세를 들어 살고 집사는커녕 하인 하나도 없는데, 누구는 알아서 다 해 주니……."

그러자 로이스가 란데프의 어깨를 두들겨 주며 말했다.

"언젠가 너도 명성이 높아질 때가 있을 거야. 그러니 힘내라."

"맞아요, 란데프 님. 힘내세요."

미엘도 격려했다. 거무즈 또한 히죽 웃었다. 란데프 같은 녀석이 있어서 그나마 그가 숨을 쉬고 살 수 있는 것이다.

"흐흐, 기운 내라, 란데프! 나도 5만이었던 시절이 있었어. 꾸준히 하다 보면 나처럼 명성 100만이 넘는 시절이 꼭 올 거다. 로이스는 워낙 특이한 녀석이니 공연히 비교하지 말고. 저 녀석과 비교하면 나도 세상 살기 싫어진다. 그깟 명성 100만 좀 넘으면 만족하고 살아야지. 하하하하!"

"크흑! 그렇군요."

란데프는 거무즈의 말을 납득했다는 듯 고개를 끄덕였지만, 속으로는 어이가 없었다.

'이 와중에도 은근히 자랑하는구나. 나도 어서 100만까지 명성을 쌓아야지 더러워서 못 살겠다.'

한편 미엘은 로이스를 신기한 듯 바라봤다.

"세상에! 업적을 보니 로이스 님은 하급 마왕 세 명과 중 마왕 세 명을 해치우셨어요. 한 번에 하나의 마왕을 해치우기도 어려운데 여섯 명의 마왕을 어떻게 해치우셨나요?"

그러자 거무즈와 란데프도 기막혀하는 표정으로 로이스를 쳐다봤다.

명성 때문에 잠시 호들갑을 떨긴 했지만, 그보다 그들이 진정으로 놀란 것은 바로 그 때문이었다.

특히 란데프는 로이스와 같은 부대에 있었기 때문에 당시 상황을 잘 알고 있지 않은가.

"설마 중마왕 헬자르크, 바탈리아, 슐라흐트를 그 자리에서 다 죽인 것입니까?"

로이스는 별것 아니란 듯 웃으며 고개를 끄덕였다.

"물론이야. 그게 어떻게 된 일이냐면, 란데프가 나보고 따로 남으라고 해서 남았어. 그런데 갑자기 하급 마왕 세 녀석이 나타났거든."

"그래서요?"

미엘이 눈을 빛내며 물었다. 로이스는 입가에 잔잔한 미소를 띠우며 말했다.

"일단 그 세 녀석을 가볍게 해치우고 헬자르크가 있는 마궁으로 이동했더니 화염 결계가 앞을 또 가로막는 거야."

"아아! 세상에! 그래서요?"

미엘이 두 눈을 반짝이며 물었다. 거무즈와 란데프 역시 궁금한지 두 눈을 휘둥그레 뜨고 쳐다보고 있었다.

"그래서 어떻게 됐냐?"

"화염 결계를 통과했습니까?"

로이스는 흡족한 듯 미소 지었다.

그렇다. 반응이 이래야 이야기를 하는 맛이 난다.

"그깟 화염 결계 따위는 무시한 채 돌진해 중마왕 셋을 동시에 해치웠어. 그냥 검으로 한 대씩 치니까 다 죽더라고."

"……."

"……."

화염 결계에 타 죽을 뻔했다는 얘기는 너무 없어 보여서 뺐다.

그리고 치열한 전투 과정을 다 설명할 수는 없어서 그냥 한 대씩 쳐서 죽였다고 말했을 뿐인데.

물론 검으로 공격했다는 건 그냥 있어 보이려고 한 말이지만.

왠지 반응들이 이상했다. 할 말이 없다는 듯 멍한 표정으로 쳐다보고 있었으니까.

"뭐야? 다들 내 말이 안 믿기나 보군."

"아니에요. 믿어요."

"하하핫! 그럴 리가 있겠냐?"

"케헷! 믿습니다."

다들 아니라고 대답은 하지만 표정은 여전히 이상했다.

'에이, 설마 한 대 쳐서 죽었으려고?'

'죽도록 처맞다가 운 좋게 한 대 쳤는데 죽은 거 아냐?'

'아무리 봐도 한 대는 아니야.'

그러나 로이스는 그들의 반응을 무시한 채 말을 이었다.

"아무튼 용자들을 구하려고 했지만 내가 도착했을 땐 이미 죽어 있었다. 한 명만 간신히 살려 냈어."

란데프가 놀랐다.

"상급 용자 한 명을 살렸다고요? 그게 누군데요?"

"유리안."

그러자 거무즈도 깜짝 놀랐다.

"그게 정말이냐?"

"오! 상급 용자 유리안이 살아 있다니!"

미엘도 반색했다.

"그래도 다행이에요. 그녀 한 명이라도 용병계를 좋게 생각할 테니까요."

"전혀 그렇지 않아. 유리안은 앞으로 나 외에는 그 어떤 용병에게도 의뢰를 하지 않겠다고 했어."

그러자 거무즈가 탄식하며 고개를 끄덕였다.

"나라도 아마 그 상황이 됐으면 똑같았을 거다. 그래서인지 지금 용자들 전체가 우리 용병계를 불신하고 있어. 미스토스 하급 병사들만 예전처럼 고용하고 있을 뿐이다."

하긴 용자의 성을 지키는 것은 미스토스 용병들이 없이는 쉽지 않다.

그들 대부분이 미스토스 하급 병사들인 것이다.

비록 용자들이 용병계와 사이가 나빠졌지만 용자의 성을 지키기 위해서라도 미스토스 하급 병사들은 계속 고용해야 할 것이다.

그러다 거무즈는 돌연 심각한 표정으로 로이스를 바라보며 물었다.

"정말로 네가 중마왕 셋을 동시에 상대해 이긴 게 맞느냐?"

"그렇다니까. 내 말이 그렇게 안 믿기는 거냐?"

"정말로 네 말이 사실이라면 너의 전투력은 상급 기사 정도가 아니라 군주급이기 때문이다."

그러자 란데프도 입에 침을 튀기며 말했다.

"아무래도 미스토스 용병계에 또 한 명의 군주가 곧 탄생할 것 같은 예감이 드는군요. 물론 그 새로운 군주는 로이스 님입니다."

마치 로이스 신봉자라도 되는 듯 란데프는 호들갑을 크게 떨었다.

미엘 또한 비슷한 표정으로 말했다.

"틀린 말이 아니에요. 이대로라면 머지않아 로이스 님은 군주의 자격을 충분히 갖출 거예요."

"난 아직 멀었어."

미스토스 군주가 되려면 상급 50레벨에 도달해야 한다.

또한 앞으로 세 명의 용자에게 더 인정을 받아야 한다.

그런데 그건 군주의 목걸이가 말하는 자격이고, 이곳 용병계에서는 그와 별도로 군주가 되는 길이 있는 것이다.

"열 명의 상급 기사에게 인정을 받고 명성이 1000만 이상이 되면 군주로 추대될 수 있어요. 물론 군주 중 한 명과 전투를 벌여 인정을 받는 과정도 필요해요."

"로이스 너라면 곧 1000만 명성을 얻을 수 있을 거다. 열 명의 상급 기사는 내가 끌어 모아 줄 테니 염려 마라. 그리고 중마왕 셋을 동시에 해치울 정도라면 군주들 중 누구와 전투를 벌여도 너를 인정해 줄 것이다."

거무즈의 표정은 진지했다. 란데프와 미엘도 마찬가지였다.

그들은 로이스가 곧 미스토스 용병계의 군주가 될 거라 확신할 뿐만 아니라 거기에 도움을 주고 싶어 했다.

로이스는 흐뭇하게 웃었다.

"다들 고마워. 내가 스스로 자격이 됐다고 생각하면 도움을 요청할 테니 그때 날 도와주면 된다."

군주의 목걸이가 요구하는 자격을 다 갖추면 미스토스 군주가 될 수 있다. 다만 용병계에서 그와 별도로 군주의 자격을 통과해야 할지는 그때 가서 생각해 볼 일이었다.

"지금은 일단 아드리아 대륙으로 가 볼 생각이야. 미엘! 날 그곳으로 어서 보내 줘."

"그럼 일단 로이스 님의 저택으로 이동하는 게 좋겠어요. 그곳에서 포탈을 열 수 있거든요."

"좋아."

로이스는 곧바로 미엘과 함께 거무즈의 집을 나섰다. 그러자 거무즈와 란데프가 로이스를 뒤따라왔다.

"너희들은 왜 오는 거냐?"

그러자 거무즈가 히죽 웃었다.

"난 부대원이잖아. 부대장이 가는데 부대원인 나는 당연히 따라가야지."

"그 부대 해체된 거 아니었나?"

"용자들과 사이가 틀어졌으니 다시 원래대로 움직여야 맞는 거다. 아무튼 난 부대원이니 잘 좀 부탁한다, 로이스. 네 덕에 나도 명성 좀 올려 보자."

"헤헤! 함께 저녁도 먹은 사이인데 저도 좀 끼워 주십시오, 부대장님."

란데프도 최대한 인상 좋아 보이는 미소를 지으며 말했다.

로이스는 살짝 고개를 끄덕였다.

"그럼 따라오든가."

"고맙다, 부대장."

"열심히 하겠습니다, 부대장."

그렇게 거무즈와 란데프는 로이스의 뒤를 졸졸 따라왔다.

"여기에요, 로이스 님."

미엘이 인도한 곳은 상급 기사의 전당에서 그리 멀지않은 커다란 저택이었다.

규모는 거무즈의 저택보다 세 배는 되었고 훨씬 화려했다.

10여 채의 건물에 정원도 여러 곳이었다.

"와아! 크다! 이 정도 저택을 사려면 미스토스가 최소 3000카퍼스 이상 들어갈 텐데."

"대단하군요! 3000카퍼스짜리 저택이라니!"

거무즈와 란데프가 부러움이 가득한 표정을 지었다.

그러나 로이스는 시큰둥했다.

'공짜로 준다니까 받긴 했지만 굳이 이런 큰 집이 필요할지 모르겠네.'

사실 잠은 릴리아나의 꽃밭에 있는 궁전에 가서 잘 것이다. 이곳 저택이 제법 화려하지만 그래 봤자 로이스의 궁전에 비하면 거지 소굴이나 다름없기 때문이다.

그래도 공짜인데 뭐 어떤가.

게다가 미스토스 관원인 미엘이 상주하며 비서로서 일을 해 준다니 그것도 반가운 일이었다.

용병계에서 로이스가 자잘하게 신경 써야 하는 일이 사라질 것이기 때문이다. 과연 미엘은 잽싸게 마법 수정구를 통해 관청과 마법 통신을 한 후 달려와 말했다.

"아드리아 대륙 앞에는 지금 타락한 용자 제라칸이 거점 성을 세워 둔 상태라고 해요. 미스토스로 결계를 펼쳐 둔 터라 제라칸의 거점 성을 거치지 않고는 외부에서 아드리아 대륙으로 진입할 수 없어요."

"제라칸 놈이 거기다 성을 세웠다고?"

로이스는 어이가 없었다. 다른 용자라면 모를까 타락한 용자의 성은 절대 그대로 놔둘 수 없는 일.

"제라칸은 마왕들과 한통속이 된 것이 분명해요. 이번에 상급 용자들이 죽고 비어 있는 성터 대부분에 제라칸의 거점 성이 세워졌다고 하거든요."

"그 많은 곳에 다 성을 세웠으면 대체 거점이 몇 개나 되는 거야?"

"대략 수백 개도 넘는 거점을 보유하게 된 것으로 추정 중이에요. 지금도 거점은 계속 늘어나는 중이고요. 아드리아 대륙 앞의 거점도 그중의 하나로 옛 용자의 성이 있던 성터에 세워졌어요."

"옛 용자의 성이 있던 성터?"

"한참 전이지만 그곳엔 아드리아 대륙을 수호하던 용자 카디나스의 성이 있었거든요. 중마왕 하이무카루스에 의해 불타 없어진 그곳 성터는 지금껏 비어 있었는데, 결국 타락한 용자의 성이 세워지고 말았군요."

순간 로이스의 두 눈에서 시퍼런 빛이 번뜩였다.

"더 이상의 설명은 됐어. 지금 당장 그곳으로 향하는 포
탈을 열어, 미엘."

"네, 로이스 님. 잠깐만 기다려 주세요."

로이스의 기세가 심상치 않자 미엘은 다급히 뭐라 주문
을 외우며 포탈 마법진을 펼쳤다.

츠으으웃!

로이스는 그 모습을 바라보며 주먹을 불끈 쥐고 있었다.

'감히 타락한 용자 놈이 아버지의 성터에 거점을 세웠다
고?'

지금의 이 기분을 무엇으로 표현해야 할 것인가?

로이스는 가슴에서 끓어오르는 울분을 참기 힘들었다.

'두 번 다시 그곳엔 얼씬도 하지 못하게 완전히 박살 내
주지.'

얄보이기 전술을 펼친 상태인데도 로이스의 두 눈에서
나오는 살기가 미엘은 물론이고 거무즈와 란데프까지 심장
을 떨리게 만들었다.

"표정을 보니 그 타락한 용자 놈과 무슨 원한이라도 있
나 보군. 크크크, 그럼 그 성을 당장 때려 부숴 버리자고!
내가 아는 용자들에게 부탁해 미스토스 방어 결계 따위는
없애 주겠어."

"그 거점을 없애는 데 저도 한몫하겠습니다. 저도 아는 용자가 있으니 도움이 될 겁니다."

그들은 투지를 불태웠다. 로이스가 고개를 흔들었다.

"미스토스 방어 결계를 없애는 건 나도 어렵지 않은 일이야."

날개에서 쉬고 있는 정령들에게 시키면 되는 일이었다.

혹시라도 난관에 부딪히면 부하 아이리스를 불러오면 해결될 것이다.

그때 미엘이 상기된 표정으로 말했다.

"잠시 후 포탈이 열릴 거예요. 그리고 이제부터 로이스 님의 부대에서 하는 일은 용병계의 공식 의뢰로 처리하겠어요."

"용병계의 공식 의뢰?"

"그래야 명성과 업적이 오르거든요. 다만, 용자들의 의뢰와 달리 고용료는 지급되지 않아요."

로이스는 고개를 끄덕였다. 역시 전용 관원이 있으니 아주 편하다. 알아서 명성과 업적을 얻을 수 있게 챙겨 주니 말이다.

"고용료는 상관없어. 난 명성과 업적이 오르는 걸로 충분해. 그리고 어차피 적들을 죽이면 미스토스는 잔뜩 얻게 될 거야."

거무즈와 란데프도 반색했다.

"그 말이 맞다. 어서 타락한 용자 놈의 부하들을 때려잡으러 가자!"

"하긴 우린 고용료 따위 안 받아도 그 몇 배의 미스토스는 얻을 수 있지. 미엘! 대신 업적과 명성만 잘 챙겨 줘."

그러자 미엘이 빙긋 웃으며 허리를 숙였다.

"물론이죠. 그럼 모두 건투를 빌게요."

그녀의 말이 끝나는 순간 로이스와 거무즈, 란데프의 몸을 환한 빛이 휘감았다.

　　　　*　　　*　　　*

번쩍! 화아아아—

마법진의 광채가 사라지자 아득히 멀리 성이 하나 보였다.

로이스는 그 성을 가리키며 말했다.

"저 성이 바로 제라칸 놈이 세운 거점 성인가 보군. 근데 뭐 이렇게 멀리 떨어진 곳에 내려놨지?"

"포탈은 최대한 안전한 장소로 이동시켜 주는 거라 어쩔 수 없을 거다. 이동하자마자 적들에게 공격을 당하면 안 되니까."

거무즈는 건틀릿을 양손에 장착하며 말했다. 마찬가지로 란데프도 흑색의 건틀릿을 양손에 장착하며 히죽 웃었다.

"흐흐, 그나저나 용자를 공격해 보기는 처음이군요. 뭐 타락한 용자는 마왕들보다 더 나쁜 녀석들이긴 하지만 말입니다."

그 순간 로이스가 힐끗 거무즈와 란데프를 바라보며 뭔가 못마땅한 표정을 지었다.

"뭐야? 그러고 보니 너희들은 둘 다 무식하게 주먹질로 싸우는 거냐?"

그러자 거무즈가 발끈했다.

"주먹질이라니! 권법이라는 거다."

"권법?"

"그렇다. 권법은 검술보다 훨씬 더 우아하고 강력하지."

"그래 봤자 맨손으로 적들을 후려치는 거잖아."

"맨손이라니! 이 건틀릿도 엄연히 무기라고! 이거 전설 등급의 건틀릿이야."

란데프도 맞장구쳤다.

"흐흐, 맞습니다. 건틀릿도 검이나 창과 같은 무기라고요. 저도 이 전설 등급의 건틀릿을 구하기 위해 얼마나 힘들었는지 아십니까?"

"전설 등급이면 제법 성능이 괜찮겠네."

"물론입니다. 이걸로 마법이 날아와도 그냥 후려쳐 흩어 버릴 수 있지요."

마법을 날려 버리는 거야 로이스에게도 어려운 일이 아니었다.

아니, 이제 로이스의 주먹은 중마왕의 윙 블레이드와 정면으로 격돌해도 흠집조차 나지 않는 수준이 되었으니 저런 건틀릿이 오히려 거추장스러울 뿐이었다.

"그래 봤자 없어 보이잖아."

"없어 보이긴요. 권사가 얼마나 희귀한지 모르시는군요. 흔해 빠진 검사나 궁사, 마법사들에 댈 게 아닙니다."

란데프는 침까지 튀기며 자신이 권사라는 걸 자랑스러워했다.

거무즈 역시 마찬가지였다.

"쿠후후! 약한 녀석들이나 기다란 무기를 들고 재롱을 피우는 거다."

"가만! 그리고 보니 아까 로이스 님의 용병패에 직업이 권사라고 적혀 있지 않았습니까?"

란데프가 로이스를 빤히 쳐다보며 물었다.

로이스는 움찔했다. 본래는 검사로 등록했는데 이번에 용병패가 갱신되며 권사로 바뀌고 말았다.

중마왕 슐라흐트 등을 맨손으로 쳐 죽인 것이 용병패의

업적에 기록되며 자연스레 직업이 권사로 바뀐 것이다.

그러나 로이스는 시치미를 뚝 뗐다.

"뭔가 잘못된 걸 거야. 보다시피 난 검사다. 무식하게 주먹 따윈 쓰지 않아."

"그러시군요. 하하, 하긴 그 검도 전설 등급의 검이네요."

"맞아. 마검 다켈이라고 꽤 쓸 만한 무기야."

로이스의 입가에 미소가 맺혔다. 바로 이렇게 알아봐 주기를 바라는 마음 때문에 일부러 허리에 차고 있었다. 아공간에 그냥 넣어 놨다 빼 써도 되는데 말이다.

"그보다 우리보다 먼저 온 자들이 있는 것 같은데?"

로이스는 성을 다시 가리키며 말했다.

용자 제라칸의 성 앞에 일단의 무리들이 나타나 있었던 것이다.

거무즈가 고개를 끄덕였다.

"그런 거 같군. 기세를 보니 성을 공격할 작정인 게 분명해. 가만, 저 사자 그림은 어디서 본 것 같은데?"

성을 공격하는 무리들의 숫자는 불과 십여 명 정도였다.

그러나 놀랍게도 그들로부터 풍기는 기세는 하나같이 강력해 보였다.

언뜻 봐도 그랜드 마스터의 경지에 근접한 검사들!

특히 그중 한 명은 그랜드 마스터의 경지를 넘어선 초월적 기세가 느껴졌다.

모두 양손 대검을 무기로 들었다.

또한 붉은 그림이 그려진 흉갑을 장착하고 있었다.

붉은 색 사자 머리 문양!

"그러고 보니 설마?"

거무즈는 뭔가 생각이 났는지 갑자기 경악하는 표정을 지었다.

로이스가 물었다.

"저 그림이 뭔데 그래?"

그러자 란데프도 입을 쩍 벌렸다.

"헉! 붉은 사자 머리! 설마 절대용자 아이언?"

"절대용자라고? 그게 정말이냐?"

로이스도 놀랐다. 거무즈와 란데프가 동시에 고개를 끄덕였다.

"그래. 용족의 절대용자 사룡 아이언이다."

"맞아요. 절대용자 아이언의 성인 하디둔 성의 상징이 바로 저겁니다."

용족(龍族)의 절대용자(絶代勇者)!

드래곤들이 모여 있는 세계를 지키는 수호자!

수많은 드래곤들 중 최강의 존재!

사룡(獅龍) 아이언!

그의 부하들이 지금 제라칸의 성을 공격하고 있는 것이
었다.

"근데 저들이 왜 저곳을 공격하려는 거지?"

"몰라서 묻는 거냐? 절대용자들의 입장에서 타락한 용자
제라칸은 철천지원수나 마찬가지야. 거점을 박살 내려는
건 당연한 일이다."

"그렇습니다. 절대용자들이 상마왕들의 기세에 눌려 웅
크리고만 있는 줄 알았더니 이렇게 반격도 하고 있었군
요."

거무즈 등의 말에 로이스는 고개를 끄덕였다.

하긴 그러고 보니 당연한 일이었다.

옛 용자의 성터에 타락한 용자가 거점을 세운 것을 다른
용자들이 지켜볼 리 없었다.

하물며 절대용자들이 그 사실을 알았다면 더욱 가만있지
않을 것이다.

'그래서 부하들을 보내 저 성을 박살 내려는 거군.'

로이스의 표정이 다소 밝아졌다.

마왕들에게 일방적으로 당하기만 하고 있는 줄 알았는데
그래도 이렇게 먼저 공격을 감행하고 있는 용자가 있다는
것이 반가웠기 때문이다.

특히나 말로만 듣던 절대용자와 관련된 존재들을 보게 되니 왠지 가슴이 뛰기도 했다.

"저긴 그 아이언이라는 자는 없고, 부하들만 있나 보네."

"그럴 거야. 아이언은 상마왕과 싸우느라 이곳에 올 겨를이 없을 테니까."

"흐흐, 이거 우린 할 일도 없겠군요. 절대용자의 부하들이 온 이상 저깟 성은 금방 무너지고 말 겁니다."

하긴 저기 있는 이들이라면 웬만한 하급 마왕과 싸워도 밀리지 않을 것이다.

"어떻게 할 거냐, 로이스? 우리도 가서 성을 공격할까? 그래도 여기까지 왔는데 그냥 돌아갈 수는 없는 일 아니냐?"

거무즈가 물었다. 로이스는 고개를 흔들었다.

"일단 지켜보겠다. 성이 부서지면 아드리아 대륙에 들어가 볼 생각이야."

딱히 다른 이유는 없었다.

그저 선친이 수호하던 대륙은 과연 어떻게 생겼는지 한번 보고 싶을 뿐.

그리고 언젠가 저곳에 진정한 용자의 성이 세워질 수 있도록 용자의 운명을 가진 이를 찾아보고 싶은 마음도 있었다.

용자가 사라지면 머지않아 그 용자를 대신할 새로운 용자가 나타난다고 했으니까.

어딘가 아드리아 대륙을 수호할 용자가 숨어서 힘을 기르고 있을지도 모르는 것이다.

한편 그때 용자 제라칸의 아드리아 성.

제라칸은 이곳이 아드리아 대륙을 지키는 성이라 해서 간편하게 아드리아 성이라 이름을 지어 놓았다.

그러나 물론 그는 아드리아 대륙을 지키겠다는 사명감 따위는 없었다.

샤론 대륙을 비롯한 무한의 세계들에 그의 영역을 넓히기 위한 방편 중 하나일 뿐.

대마왕 불칸에게 충성을 맹세하고 마왕들과 함께 용자들을 공격하는 것도 모두 그런 목적이었다.

용자의 기사 나루스!

그는 제라칸의 충직한 부하 중 하나로, 이곳 아드리아 성의 성주로 임명된 터였다.

"후후훗, 여기는 용자 제라칸 님의 거점인 아드리아 성이다. 그대들은 누구인데 감히 이곳을 공격하려 하는가?"

나루스는 성 앞에 나타난 일단의 검사들을 보며 싸늘히 외쳤다.

그러자 검사 중 하나가 나루스를 노려보며 말했다.

"타락한 용자 제라칸의 주구들은 들어라! 나는 절대용자이신 아이언 님의 기사 맥컨이다. 긴말하지 않겠다. 항복하면 목숨을 붙여 주겠지만, 저항하면 단 한 놈도 남기지 않고 쓸어버리리라."

절대용자 아이언의 기사라는 말에 나루스는 흠칫 놀란 기색이 역력했다.

그러나 그는 이내 음침한 눈빛으로 맥컨을 내려다보며 크게 외쳤다.

"맥컨! 네가 절대용자의 기사라 해서 내가 겁먹고 항복할 거라 생각하는 거냐? 어디 자신 있으면 공격해 봐라."

그 말이 끝나는 순간 성벽 도처에 수많은 마물들과 마족들이 모습을 드러냈다.

대체 어찌 용자의 성에 마족과 마물들이 득실거리고 있다는 말인가?

그러나 거기서 끝이 아니었다.

나루스의 옆으로 모습을 드러내는 거대한 미노타우루스 형상의 괴수!

전신에서 파괴적인 기운이 느껴지는 그는 딱 봐도 마왕이었다.

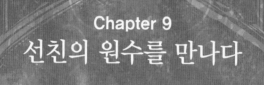

Chapter 9
선친의 원수를 만나다

　"쿠카카카캇! 나 게자르가 용자의 성에서 용자의 부대와 맞서게 되다니 이거 참 기분이 묘하구나."

　마왕 게자르.

　하급 마왕인 그는 지금 제라칸의 총사 에디라스의 요청에 의해 아드리아 성으로 지원을 나와 있었다.

　이는 제라칸이 요청 시 지원하라는 대마왕 불칸의 명령 때문이었다.

　"절대용자 아이언의 부하들이 나타났다니! 그 꼴 보기 싫은 놈의 부하들이라면 가만 놔둘 수 없지."

　게자르에 이어 또 하나의 마왕 드로칼이 모습을 드러냈다.

"버러지 같은 것들! 죽을 자리를 잘도 찾아왔구나."

심지어 여마왕 세나크까지!

이에 맥컨을 비롯한 검사들의 표정이 굳어졌다.

마왕 하나도 힘겨운 상대인데 셋이나 나타났으니 그들로서는 승산이 희박했다.

그런데 그때 더욱 경악할 만한 일이 벌어졌다.

염소 머리에 사람의 몸체를 가진 거대한 마왕!

중마왕 하이무카루스!

제라칸과 교분이 두터운 하이무카루스까지 이 성에 모습을 드러낸 것이다.

"이, 이런!"

"하이무카루스가 나타나다니!"

맥컨 등은 깜짝 놀랐다.

타락한 용자의 일개 거점에 불과한 아드리아 성에 중마왕이 나타날 줄은 상상도 못했던 터였다.

하이무카루스는 제49위 중마왕.

중마왕들 중에서도 중위권에 위치한 만큼 그 전투력은 하급 마왕들과는 비할 바 없이 강력했다.

"일단 퇴각한다! 모두 귀환하라!"

"예, 맥컨 님."

하급 마왕들만으로도 승산이 희박한데 중마왕까지 나타

난 이상 퇴각이 최선이리라. 공연히 싸워 봤자 미스토스만 대거 소모시킬 뿐이니까.

그런데 그때 검사들이 다급히 외쳤다.

"이런! 귀환이 안 됩니다."

"놈들이 미스토스의 힘으로 귀환을 방해하고 있습니다, 맥컨 님."

맥컨 또한 당황했다.

"이럴 수가!"

마왕들과 싸울 때는 없던 일이다.

그들의 귀환은 오직 미스토스로만 방해할 수 있기 때문이다.

나루스가 조소하며 말했다.

"이제야 어떤 상황인 줄 알았느냐? 오는 건 마음대로 왔다만 가는 건 쉽지 않을 것이다!"

"닥쳐라! 마왕과 결탁해 미스토스의 힘을 사용하다니! 너희들은 마왕보다 더 나쁜 놈들이다."

순간 나루스가 조소를 흘리더니 하이무카루스를 향해 말했다.

"위대한 중마왕 하이무카루스 님이시여! 저 오만방자한 절대용자의 부하들을 어찌 그냥 두고 보시는지요."

하이무카루스가 음침하게 웃었다.

"모두 쓸어버릴 테니 염려 마라, 제라칸의 기사."

"저놈들을 죽이지 말고 사로잡아야 합니다. 그래야 미스토스로 봉인한 채 두고두고 괴롭힐 수 있습니다."

"알고 있다. 그냥 죽이면 성으로 돌아가 부활하고 말겠지. 그런 좋은 일을 시켜 줄 생각은 없느니라."

하이무카루스는 손을 슬쩍 휘저었다.

그러자 맥컨과 검사들이 시커먼 사슬 같은 기운에 칭칭 감겨 버렸다.

"으윽!"

"크으윽!"

맥컨을 비롯한 검사들이 맥을 못 추고 그대로 쓰러졌다.

멀리서 그저 손을 한 번 휘저었을 뿐인데 저리도 무력하게 당할 줄이야.

"오오! 역시 하이무카루스 님이십니다!"

"저희들로서는 감히 꿈도 못 꿀 일입니다!"

"개안을 시켜 주시다니! 영광이에요, 하이무카루스 님!"

하급 마왕들은 존경심이 가득한 표정으로 굽실거리며 온갖 아부를 떨었다.

"별것도 아닌 것들로 뭘 그리 호들갑들이냐? 중마왕인 내가 저따위 녀석들을 손짓 한 번으로 못 쓰러뜨리면 나가 죽어야지."

하이무카루스는 득의만만한 표정이었다.

'다른 곳은 몰라도 아드리아 대륙은 용자들에게 내줄 수 없지. 여긴 내게 아주 특별한 곳 아닌가?'

그곳은 오래 전 그가 상급 용자 카디나스를 죽이고 빼앗았던 땅이다.

절대용자는 아니었지만 그래도 상급 용자 중에서 꽤나 강력했던 카디나스가 마지막까지 발악하며 지키려던 대륙.

여러 대륙들 중에서도 유독 경치가 아름다운 곳이 많고, 갖가지 이종족들이 더불어 살고 있었다.

그만큼 노예로 부려먹을 녀석들이 많아 마왕들에겐 매우 탐스러운 곳이긴 했다.

'그땐 아드리아 대륙을 얻자마자 레카온 놈에게 죽어 매우 아쉬웠지. 이번에는 아드리아 대륙을 반드시 나의 권역으로 만들고 말겠다.'

바로 그런 이유 때문에 그가 직접 이곳 아드리아 성에 온 것이었다. 하급 마왕이 셋이나 파견되었는데도 말이다.

그런데 바로 그때.

스스스.

갑자기 맥컨 등을 휘감은 시커먼 사슬들이 흔적도 없이 사라졌다.

동시에 그들 앞에 한 명의 사내가 모습을 드러냈다.

"로드!"

"로드께서 어찌 이곳에!"

맥컨 등의 얼굴에 희열이 가득했다.

마치 사자와 같은 우락부락한 얼굴!

목 뒤까지 길게 내려온 붉은 색의 머리털도 흡사 사자의 갈기처럼 보였다.

번쩍이는 백색 검신의 대검을 한쪽 어깨에 척 걸친 사내의 입가에는 차디찬 조소가 걸려 있었다.

"재수 없는 마왕 새끼들! 니들 오늘 다 뒈졌어!"

"네, 네놈은!"

하이무카루스가 움찔했다. 아니, 단순히 움찔한 정도가 아니라 기겁했다.

"절대용자 아이언! 네놈이 어떻게 이곳을?"

놀랍게도 상마왕들에 의해 발목이 묶여 있다는 절대용자들 중 하나가 이곳에 모습을 드러냈다.

사룡 아이언!

우락부락한 외모답게 그는 인간이 아닌 용족이었다.

그것도 용족 중 가장 잔혹하고 파괴적인 성격을 지닌 사룡.

'크으! 저놈에겐 뼈도 못 추린다.'

하이무카루스는 기겁하며 도주하려 했다.

순간 아이언의 두 눈썹이 꿈틀 움직였다.

"어딜 쥐새끼처럼 가려 하느냐?"

콰아아앙!

아이언이 번쩍 대검을 휘두르자 우레와 같은 폭음과 함께 아드리아 성이 그대로 무너져 버렸다.

"쿠윽!"

"으으!"

"크으으!"

검을 한 번 휘두르자 성이 사라졌다.

미스토스 방어 결계고 뭐고 절대용자 앞에서는 통하지 않았다.

남아 있는 건 성주 나루스를 비롯한 소수의 기사들과 마왕 네 명뿐이었다. 마족들과 마물들은 방금 전 일격으로 그대로 가루가 되어 흩어져 버린 것이다.

동시에 하이무카루스가 도주하기 위해 만들었던 다크 포탈까지 사라졌다.

"진짜 끝을 보겠다는 거냐, 아이언?"

하이무카루스가 당혹스러워하는 표정으로 노려보자 아이언은 크게 웃었다.

"뭘 새삼스레 말하느냐? 마왕과 용자가 만났으니 끝을 보는 건 당연한 일이다."

그 말이 끝나자마자 하이무카루스 옆에 있던 아드리아 성의 성주 나루스가 마치 자석에 끌려오듯 아이언 앞으로 이동했다.

"으아아아아!"

꽈악!

아이언은 대검을 오른손으로 쥐고 왼손으로는 나루스의 목을 움켜쥔 채 쭉 들어 올렸다.

"타락한 용자를 따르니까 재미가 좋냐? 이 허접쓰레기 같은 새끼야?"

"으으으! 사, 살려 줘!"

"가서 제라칸에게 전해라. 내가 곧 죽이러 간다고! 세상 어디로 도망쳐도 끝까지 쫓아가 갈가리 찢어 죽인다고! 아주 갈~ 가~ 리~ 말이야! 크하하하하하!"

퍼어어억!

그 순간 어떻게 했는지 나루스의 몸이 그대로 터져 버렸다. 그는 비명도 지르지 못한 채 그대로 연기가 되어 사라졌다.

미스토스의 힘으로 제라칸이 있는 곳으로 귀환했을 것이다.

마왕들이 질린 표정으로 아이언을 쳐다봤다.

특히 하이무카루스의 표정은 잔뜩 일그러져 있었다.

그가 빤히 보고 있으면서도 나루스를 지키지 못했기 때문이다.

성이 부서지는 것은 물론이고, 옆에 있던 아군이 끌려가는 것도 막지 못할 줄이야.

새삼 그는 절대용자가 얼마나 무서운 존재인지 실감했다.

'빌어먹을! 부활한 지 얼마 되지도 않았는데 하필 저 미친놈을 만나다니!'

아이언은 마왕들이 도주조차 할 수 없게 주변의 공간을 장악해 버렸다. 이대로라면 하이무카루스를 비롯한 마왕들은 꼼짝없이 죽고 말 것이다.

그런데 그때 아이언이 깜짝 놀라더니 고개를 슥 돌려 누군가를 바라봤다.

"너는 뭐냐?"

그의 뒤쪽에 웬 정체불명의 붉은 머리 소년이 서 있었던 것이다.

그 소년을 바라보는 아이언의 미간에는 주름이 잡힌 상태였다.

'미스토스의 기운? 그럼 미스토스 용병이로군.'

그는 단번에 소년이 미스토스 용병계에 소속된 존재임을 알아봤다.

그러나 그것 때문에 놀란 것이 아니었다.

소년이 이토록 가까이 접근할 때까지 자신이 눈치채지 못했던 것에 놀란 것이다.

만약 소년이 기습이라도 했으면 꼼짝없이 당했을 만큼 가까운 거리였다.

이는 소년이 그에 못지않은 전투력을 지닌 존재가 아니면 불가능한 일.

그런 존재라면 미스토스 용병계에 딱 세 명뿐이다.

군주 루나, 군주 마르스, 군주 아스텔.

당연히 그들 중 누구도 아니었다. 그들은 모두 아이언과 안면이 있었으니 못 알아볼 리 없었다.

'미스토스 용병계에 새로운 군주라도 등장한 건가?'

그런데 그때 소년이 뭔가 흐뭇하면서도 감격해하는 표정을 지으며 미소 짓는 것이었다.

"나는 미스토스 상급 기사 로이스다. 후후후, 역시 세상에는 그대와 같은 절대용자가 있었군."

로이스는 방금 전 맥컨과 그의 동료들이 하이무카루스에게 무력하게 당하는 것을 보자 곧장 달려와 그들을 구하려 했다.

그러나 그 전에 먼저 아이언이 나타나 그 일을 간단하게 해결해 버렸던 것이다.

그뿐이 아니다.

용자 제라칸의 거점인 아드리아 성을 대검 한 번 휘둘러 박살 내 버리고 성주 나루스를 손으로 터뜨려 죽이는 엄청난 위용을 보여 줬다.

'타락한 용자를 따르니까 재미가 좋냐? 이 허접 쓰레기 같은 새끼야?'
'가서 제라칸에게 전해라. 내가 곧 죽이러 간다고! 세상 어디로 도망쳐도 끝까지 쫓아가 갈가리 찢어 죽인다고! 아주 갈~ 가~ 리~ 말이야! 크하하 하하하!'

거칠게 쌍욕을 내뱉는 절대용자!
그 앞에서 타락한 용자의 기사가 무참하게 죽고 마왕들이 덜덜 떨고 있었으니!
누가 그 광경을 봤으면 오히려 아이언이 마왕이라 착각했을 것이다.
물론 로이스에게는 매우 멋진 모습이었다.
그가 가장 바라 마지않던 아주 이상적인 절대용자의 모습!
바로 그것을 지금 아이언이 보여 주었으니까.
"로이스라고? 미스토스 상급 기사 중에 그대와 같은 이가 있었던가?"

아이언이 뜻밖이라는 듯 물었다. 로이스는 고개를 끄덕였다.

"용병계에 등록한 지 얼마 안 되어 날 모르는 건 당연할 거야. 그보다 한 가지 부탁이 있어."

"초면에 무슨 부탁인가?"

"저기 있는 하이무카루스 놈은 내가 죽일 테니 양보해. 다른 마왕들은 상관없지만 저놈만은 반드시 내가 죽여야 하거든."

그러자 아이언은 기막혀하는 표정으로 말했다.

"미스토스 용병계와 우리 용자들이 지금 어떤 관계인지 모르는 건가?"

"뭐 별로 좋지 않은 건 알고 있어. 그렇다고 마왕 좀 죽이겠다는데 설마 말리려는 건 아니겠지?"

"그걸 말이라고 하느냐? 당연히 못 죽이지. 저놈은 반드시 내가 죽인다. 그러니 그대는 쓸데없이 나서지 말고 물러가라. 나는 미스토스 용병계 놈들은 아무도 믿지 않으니까."

아이언은 마치 내 밥그릇을 건들지 말라는 듯 으르렁거리며 로이스를 노려보는 것이었다.

그러자 로이스가 인상을 살짝 찌푸렸다.

"그렇게 나온다면 나도 어쩔 수 없지. 어차피 저 마왕 녀석들에게 누가 먼저 침을 발라 놓은 것도 아니잖아. 먼저 죽이는 사람이 임자 아니겠어?"

"무엇이! 지금 나랑 해보자는 건가? 그대가 미스토스 용병이라고 해서 내가 봐줄 거라 생각한다면 오산이다."

아이언도 인상을 썼다. 그러자 그사이 뒤쪽으로 따라왔던 거무즈와 란데프가 다급히 달려와 로이스를 말렸다.

"지금 뭐하는 거냐, 로이스? 이분은 절대용자 아이언이라고! 우하하핫! 아이언 님, 오랜만에 뵙는군요. 이 친구가 성격이 좀 단순해서 그렇지 알고 보면 매우 괜찮은 녀석입니다."

"아이고, 아이언 님! 정말 죄송합니다. 우리 부대장이 좀 성격이 과격하다 보니! 이해해 주십시오. 헤헤헤!"

그렇게 로이스와 아이언이 서로 하이무카루스를 죽이겠다고 실랑이를 벌이고 있는 모습을 그 당사자인 하이무카루스는 어처구니없다는 듯 쳐다보고 있었다.

'저 미친 새끼들이 진짜!'

그래도 명색이 대마계 제49위 중마왕인 그가 아닌가.

그런데 그를 무슨 맛 좋은 먹잇감이라도 되는 양 서로 죽이겠다고 난리를 치고 있으니 기분이 어찌 더럽지 않겠는가.

'어쨌든 이 틈에 도망가야겠군. 두고 보자, 아이언! 그리고 애송이 상급 기사 놈!'

하이무카루스는 아이언뿐 아니라 자신을 죽이겠다고 벼르던 로이스의 얼굴도 잘 봐 두었다.

츠으으......!

그런데 그가 막 다시 다크 포탈을 펼치려는 순간.

"버러지 같은 마왕 놈! 어딜 도망가려느냐?"

로이스를 노려보며 으르렁거리던 아이언이 번쩍 대검을 휘두르는 것이었다.

파아아앗—

순간 대검에서 생성된 거대한 백색 검기가 하이무카루스를 향해 번개처럼 날아들었다.

'으읏! 저, 저것은?'

대충 휘둘러 날리는 것 같았지만 흔히 보는 검기가 아니었다. 미증유의 거력이 실려 있는 절대용자의 필살기!

이는 로이스에게 하이무카루스를 빼앗길까 봐 조급해진 아이언이 작정하고 날린 공격이었다.

'피, 피하는 건 불가능해. 어떻게든 막아 내지 못하면 난 죽는다.'

하이무카루스는 죽음을 직감했다. 그러나 이대로 포기할 수는 없다는 생각에 전신의 마기를 다 끌어올린 채 웡 실드를 펼쳤다.

콰아아아앙!

거대한 폭음이 일었다.

놀랍게도 하이무카루스는 멀쩡했다.

그의 앞에 누군가 서서 아이언의 검기를 막아 냈기 때문이다.

황금빛으로 번쩍이는 멋들어진 갑옷.

역시나 황금빛 대검을 양손에 쥔 채 입가에 잔잔한 미소를 머금고 있는 잘생긴 청년.

"큿, 아이언! 나랑 싸우다 갑자기 사라진다 했더니 이곳에서 애들이나 패고 있는 거냐? 쪽팔린 줄 알아라."

"우라질! 바스모! 네놈이 여기까지 쫓아오다니!"

아이언이 인상을 구겼다.

그런데 바스모라니!

로이스는 고개를 갸웃했다.

'낯익은 이름인데? 어디서 봤더라?'

로이스는 용병계 상급 기사의 전당 붉은 문의 밀실에서 봤던 대마계 마왕들의 계보를 떠올렸다.

대마계 제8위 상마왕 바스모

한 번 봤지만 모두 기억하고 있다. 일부러 기억하려 한 건 아니지만

'저놈이 상마왕 바스모라는 놈인가 보군.'

그때 군주의 목걸이가 빛났다.

[대마계 제8위 상마왕 바스모가 나타났습니다.]

'역시.'

놀랍게도 대마계의 상마왕이 나타났다.

대마계에서는 아홉 번째로 강한 마왕이지만, 로이스가 지금껏 만나 본 마왕 중에서는 최강의 존재였다.

사악한 인상은커녕 용자로 느껴질 만큼 말끔한 외모에 밝은 미소를 짓고 있는 마왕!

오히려 험악한 분위기를 내뿜는 아이언이 더 마왕처럼 느껴질 정도였다.

그때 거무즈와 란데프도 바스모를 알아보고는 경악하는 표정으로 입을 쩍 벌렸다.

"설마 상마왕 바스모?"

"으으! 맙소사! 상마왕이 나타나다니!"

란데프는 공포를 느낀 건지 다리를 후들후들 떨었다. 심지어 거무즈조차도 안색이 딱딱하게 굳은 것이 꽤나 겁을 먹은 표정이었다.

로이스가 그들의 어깨를 한 번씩 두드리며 말했다.

"겁먹지 마라. 불칸이 나타난 것도 아닌데 뭘 그리 떠는 거야?"

"내…… 내가 어…… 언제 떠…… 떨었다는 거냐?"

"저도 아…… 안 떨고 이…… 있습니다. 헤…… 헤헤헷!"

"다 떨고 있는 거 보이거든. 아무튼 저 녀석은 내가 해치울 테니 걱정들 마라."

로이스가 그렇게 말하자 아이언은 기막혔다.

'뭐? 바스모를 해치우겠다고?'

로이스는 상마왕 바스모를 무슨 하급 마왕 보듯 하고 있었다. 그리 쉽게 해치울 수 있었다면 아이언이 왜 진작 끝장을 보지 않았겠는가.

'제법 강하긴 하지만 아직은 철모르는 녀석이로군.'

아이언은 로이스를 무시한 채 바스모를 노려봤다.

"바스모! 왜 내 뒤만 졸졸 쫓아다니며 귀찮게 구는 거냐?"

"그게 내 할 일이야. 그게 귀찮으면 그냥 내 손에 죽어라, 아이언."

바스모는 능청스럽게 웃으며 대답했다.

아이언이 대검을 번쩍 쳐들었다.

"크하하하! 그건 내가 할 소리야. 네놈이야말로 오늘 내 손에 죽자. 너도 날 쫓아다니느라 꽤나 피곤할 테지? 어떠냐? 죽으면 모든 게 끝난다."

"오늘 작정하고 끝장을 보겠다는 건가? 네가 그럴 줄 알고 나도 준비해 왔다."

바스모는 흥미롭다는 듯 웃으며 손을 슥 휘저었다.

스스스스.

그러자 사방이 시커먼 암흑으로 뒤덮였다.

동시에 세 개의 머리에 여섯 개의 팔을 가진 거대한 괴수가 모습을 드러냈다.

'저놈은?'

순간 아이언이 흠칫 놀라는 표정을 지었다.

'중마왕 스펠룬카?'

대마계 제2위 중마왕 스펠룬카까지 나타나다니!

비록 중마왕이지만 하이무카루스 따위와는 비교도 안 되는 강한 전투력을 가지고 있었다.

가히 상마왕에 버금갈 정도랄까?

물론 아이언에게는 그리 어렵지 않은 상대지만, 그것은 스펠룬카 하나만 있을 때의 얘기다.

상마왕 바스모와 스펠룬카가 합공을 하게 되면 아이언은 절대적으로 열세였다. 바스모와 그는 거의 엇비슷한 전투력을 지니고 있는 상태이기 때문이다.

그는 힐끗 로이스를 바라봤다.

'그래. 이 녀석이 있었지?'

그로서는 지금 로이스라는 미스토스 용병이 옆에 있다는 것이 얼마나 다행인가 싶었다.

"이봐, 로이스라 했냐? 까짓것 하이무카루스는 네게 양보하마. 먹고 떨어져라."

"포기가 빠르군. 진작 그렇게 말할 것이지."

로이스는 흐뭇한 표정으로 고개를 끄덕였다. 아이언이 인상을 구긴 채 말했다.

"대신 저 머리 셋에 팔 여섯 개 달린 녀석도 네가 좀 맡아 줘야겠어."

"스펠룬카 말인가? 뭐 좋아."

로이스는 흔쾌히 고개를 끄덕였다.

사실 바스모와 싸워 보고 싶었지만 아이언이 하이무카루스를 양보해 줬으니 그 정도는 들어줘야 할 것 같아서였다.

상마왕을 상대하는 것보다 선친의 원수인 하이무카루스를 해치우는 것이 로이스에게는 더욱 중요한 일이기 때문이다.

스윽.

로이스와 아이언은 곧바로 시선을 교차하며 고개를 끄덕였다.

"지금이다. 공격해라!"

"좋아!"

곧바로 그들이 막 돌진하려는 찰나였다.

"잠깐!"

상마왕 바스모가 한 손을 앞으로 내밀며 다급히 외쳤다.

워낙 절묘한 순간에 터져 나온 소리다 보니 아이언과 로이스는 흠칫 멈춰 섰다.

"뭐냐?"

아이언이 인상을 구긴 채 노려보자 바스모가 빙긋 웃으며 로이스를 쳐다봤다.

"넌 미스토스 용병 같은데?"

"잘 봤어. 난 미스토스 상급 기사다."

로이스는 태연하게 대답했다.

그러자 바스모가 그럴 줄 알았다는 듯 고개를 끄덕이며 말했다.

"보아하니 넌 저 아이언과 사이가 좋아 보이지도 않는데 굳이 그쪽 편에 설 필요가 있을까?"

"그럼 설마 네 쪽에 붙어 용자와 싸우라는 건가?"

로이스가 어이없다는 듯 대꾸하자 바스모가 두 눈을 사악하게 반짝이며 의미 모를 미소를 지었다.

"후후후. 그건 아니야. 아무리 대마계와 미스토스 용병계가 서로 동맹을 맺은 사이라 해도 그렇게 무리한 요구는 하지 않는다. 그래도 한때는 너희들의 동료나 마찬가지였던 용자들에게 직접 검을 겨누는 건 아무리 봐도 그렇잖아. 그러니 그냥 이대로 물러가기만 해 준다면 약속대로 미스토스 용병계는 절대 건드리지 않겠다."

그러자 아이언의 두 눈이 타오르는 듯 이글거렸다.

"으득! 역시 미스토스 용병계가 마왕들과 작당을 한 것이로군."

그는 당장이라도 로이스를 공격할 태세였다.

로이스는 못마땅한 표정으로 아이언을 노려봤다.

"정신 차려라, 아이언! 설마 미스토스 용병계와 대마계가 동맹을 맺었다는 걸 믿을 만큼 멍청하지는 않겠지?"

마왕들이야 원래 거짓말에 살고 거짓말에 죽는 사악한 놈들이니 그렇다 치자. 그런데 절대용자들이 그런 것 하나 간파 못 하고 휘둘린다면 매우 실망스러운 일이었다.

어쨌든 이럴 때는 긴말이 필요 없다.

로이스가 그야말로 번개처럼 공간을 주파하며 바스모를 향해 공격을 날렸다.

번쩍! 스파앗—

윙 블레이드를 펼쳐 눈 깜짝할 사이에 바스모의 지척에 접근한 로이스는 그대로 주먹을 날려 바스모의 안면을 한대 후려쳤다.

"훗, 제법?"

순간 바스모는 머리를 뒤로 슬쩍 피하며 한 손으로 로이스의 주먹을 받아 냈다.

콰앙!

그러자 바스모의 손이 그대로 팍 터져 버렸다.

"으윽!"

바스모는 경악한 표정으로 흠칫 뒤로 물러났다. 그 짧은 순간에 그의 손은 복원되었지만, 그래도 방금 전 로이스의 공격은 그로서도 예상치 못할 만큼 강력한 파괴력이 깃들어 있었던 것이다.

"네놈! 대체 누구냐?"

그는 사실 로이스는 안중에 두고 있지 않았다.

로이스가 물러가든 말든 그 또한 관심도 없었다.

그의 목적은 오직 아이언이 미스토스 용병계를 오해하게 만드는 데 있었기 때문이다.

용병계와 대마계의 동맹!

물론 새빨간 거짓말이다.

그러나 아무리 아니라고 생각해도 계속 반복해서 말하면 조금씩 의심하게 되고 결국은 믿게 된다.

그런 식으로 절대용자인 아이언에게 혼란을 줄 목적으로 로이스를 물러가라고 한 것인데.

설마 로이스가 이토록 강하게 기습을 펼쳐 올지는 상상

도 못했던 것이다.

"나는 로이스다. 잘 기억해 둬. 곧 널 죽일 이름이니까."

로이스는 싸늘히 웃으며 대꾸하더니 바스모를 향해 주먹을 번쩍 쳐들고 공격할 태세를 취했다.

"이번엔 진짜로 죽여 주마, 바스모."

순간 바스모가 윙 실드까지 펼치며 뒤로 슥 물러났다.

방심할 수 없다는 생각에 전력을 다해 방어한 것이다.

그러나 로이스의 공격은 전혀 다른 곳으로 날아갔다.

퍽! 퍼퍽! 우두둑!

"쿠아아아아아악!"

눈 깜짝할 사이에 마왕 하나가 무슨 고깃덩이처럼 변해 버렸다.

물론 그 고깃덩이의 정체는 중마왕 하이무카루스였다.

로이스는 바스모를 공격하는 척하다가 잽싸게 하이무카루스에게 접근했다. 그리고 사정없이 주먹으로 그의 전신을 강타했다.

우둑! 좌아악! 좌아악!

머리의 두 뿔을 뽑아내고, 이어서 사지를 잡아 뜯어 버렸다.

찌이익! 촥! 좌아악! 우두두둑!

"크아아아! 쿠아아아아아악!"

말 그대로 마왕을 갈가리 찢어 죽이고 있는 것이다.

그 잔인한 손속은 마왕들도 치를 떨 정도였다.

더구나 워낙 순식간에 벌어진 일이라 바스모와 스펠룬카
조차 미처 저지하지 못했다.

Chapter 10
중마왕 스펠룬카

　사지가 떨어져 나가고 몸통 전체에 구멍이 뚫려 버린 하이무카루스는 완전히 전의를 상실한 채 신음만 발악적으로 질러 댔다.

　"크아아아……!"

　"죽기 전에 들어라, 하이무카루스! 네놈이 지금 누구 손에 죽는지. 나는 바로……."

　로이스는 두 눈에서 시퍼런 안광을 번뜩인 채 하이무카루스의 귀에다 대고 나직하게 속삭였다.

　"허어억! 네, 네놈이 설마……?"

　얼마나 놀랐는지 다 죽어 가던 하이무카루스가 두 눈을

부릅뜬 채 입을 크게 벌렸다.

"알았으면 이제 뒈져 버려! 두 번 다시 부활 따위는 꿈도 꾸지 말고."

로이스의 주먹이 하이무카루스의 안면을 사정없이 강타했다.

콰아아앙!

그것이 끝이었다. 주먹의 파괴력이 얼마나 가공스러운지 단번에 하이무카루스의 얼굴이 뭉개지다 못해 이내 부서지더니 그대로 연기가 되어 흩어졌다.

[미스토스의 은총이 당신의 노력에 대한 보상을 줍니다.]

[레벨이 올랐습니다.]

[당신의 레벨이 상급 34가 되었습니다.]

[당신의 전투력이 대폭 상승했습니다.]

[당신의 최대 맷집과 최대 미흐가 대폭 증가했습니다.]

이름 [로이스]

레벨 [상급 34]

칭호 [마궁의 지배자]

신분 [미스토스 상급 기사]
맷집 90776/90776 (60776+30000)
미흐 92342/92342 (62432+30000)

[미스토스 20934카퍼스를 얻었습니다.]

　[당신의 맨손 전투 전술이 상급 35단계가 되었습니다.]
　[당신의 맨티스거의 투지(전설)가 상급 33단계가 되었습니다.]

　[중마왕의 마력 날개(신화)를 얻었습니다.]

하이무카루스를 해치움으로 레벨이 1단계 상승!
중마왕의 마력 날개도 알아서 아공간에 들어갔다.
또한 중마궁이 하나 더 늘었다.
이름은 그냥 거무즈로 칭했다.
아무리 이름만 가져다 쓰는 거라 해도 하이무카루스라는 이름만큼은 달갑지 않았으니까.
　'부활한 하이무카루스를 또 죽였으니 편하게 눈을 감으세요, 아버지. 이렇게라도 제가 위로를 드릴 수 있어 다행

이군요.'

선친인 용자 카디나스의 원수를 갚았다는 생각에 로이스
는 조금이나마 마음이 뿌듯했다.

아니, 어찌 아버지뿐이겠는가.

당시 하이무카루스에게 죽임을 당했던 이는 용자 카디나
스뿐이 아니었다.

로이스의 친모를 비롯하여, 아드리아 대륙의 많은 이들
이 참변을 당했으니까.

때문에 로이스가 하이무카루스를 죽인 것은 부모님의 원
수를 갚은 것이며, 아드리아 대륙에서 희생된 모든 이들의
원수를 갚은 것이기도 했다.

물론 최후의 복수는 진정한 원흉인 대마왕 불칸을 처치
해야 이루어지겠지만.

스스스.

어쨌든 이로써 대마계의 중마왕 하나가 또 사라졌다.

이렇게 로이스가 바스모를 공격하는 척하다 하이무카루
스를 찢어 죽이고 레벨이 오른 후 날개와 마궁을 챙긴 건
모두 순식간에 벌어진 일이었다.

너무도 뜻밖의 상황에 잠시 멍하니 놀라고 있던 바스모
가 로이스를 향해 달려들었다.

"감히! 네까짓 놈이?"

바스모의 두 눈이 섬뜩한 핏빛으로 물들었다.

하이무카루스가 죽은 것도 기막혔지만 그보다 상마왕인 자신이 로이스에게 농락당했다는 것에 크게 분노한 까닭이었다.

그러자 아이언이 바스모를 향해 대검을 번쩍 휘둘렀다.

"네 상대는 나다, 바스모!"

백색의 검기가 날아들자 바스모는 잽싸게 방향을 틀어 그것을 막았다.

콰아아앙!

검기를 막아 내자 아이언이 순간 이동하듯 다가서며 대검을 미친 듯 휘둘렀다.

"크하하하! 나를 앞에 두고 정신을 어디다 파느냐?"

"빌어먹을! 아이언! 네놈부터 죽여 주마!"

결국 바스모는 로이스를 내버려 둔 채 아이언과 맞붙었다.

그사이 세 개의 머리에 여섯 개의 팔을 가진 중마왕 스펠룬카가 로이스의 앞에 나타났다.

"네놈은 내가 상대해 주마!"

"얼마든지 와라!"

로이스는 여유롭게 웃으며 손가락을 까닥였다. 그러자 스펠룬카가 도합 여섯 자루의 검을 휘두르며 달려들었다.

각각의 검마다 맺혀 있는 강렬한 핏빛의 광채에는 그랜

드 마스터의 인텐스 오러 블레이드조차 흔적도 없이 날려 버릴 만한 가공스러운 기운이 어려 있었으니!

물론 그것은 스펠룬카가 자신의 날개를 여섯 자루의 검으로 형상화해 사용하는 것이었다.

"크카카카카카! 가소로운 놈! 받아랏!"

각각의 팔이 다른 검술을 펼쳤다.

그런데 그 팔들은 쭉쭉 늘어나기도 하고 줄어들기도 했으니!

휘리리리! 파파파팟—

스파파! 촤라라락—

여섯 개의 검이 펼치는 검술은 인간으로서는 상상도 할 수 없는 기괴한 궤적을 보였다.

오직 스펠룬카처럼 여섯 개의 팔에, 그 팔이 자유자재로 늘어나는 존재만 펼칠 수 있는 특이한 검술!

사방에서 날아드는 무수한 검의 그림자들!

사실상 그 그림자들이 모두 윙 블레이드나 마찬가지였다.

하나에만 스쳐도 윙 블레이드에 당한 것과 같은 충격을 입게 될 것이다.

팍! 파팍!

검의 그림자가 비처럼 쏟아지니 로이스라고 별수 있을까?

결국 몇 차례 공격을 허용하고 말았다.

한 방씩 맞을 때마다 맷집이 대폭 하락했다.

그런데도 로이스는 반격을 하지 않고 피하기만 했다.

그러던 일순.

로이스의 신형이 그 자리에서 번쩍 사라졌고, 인근에서 거무즈와 란데프 등을 향해 접근하던 마왕 게자르의 앞에 나타났다.

퍼어억!

"크아아아악!"

그저 한 방이었다. 하급 마왕 게자르가 그대로 먼지가 되어 사라져 버렸다.

퍽! 퍼어억!

연이어 다른 두 하급 마왕들도 같은 신세로 변했다.

[미스토스 887카퍼스를 얻었습니다.]

[미스토스 1072카퍼스를 얻었습니다.]

[미스토스 1183카퍼스를 얻었습니다.]

[마왕의 암흑 날개(신화)를 얻었습니다.]

[마왕의 붉은 날개(신화)를 얻었습니다.]

[마왕의 암흑 날개(신화)를 얻었습니다.]

'우선 미스토스와 날개부터 챙기고.'

로이스가 스펠룬카의 공격에 방어만 했던 이유는 바로 하급 마왕들을 해치울 기회를 얻기 위함이었다.

그로써 거무즈와 란데프를 보호함과 동시에 좀 더 마음 편하게 스펠룬카를 상대하려는 목적도 있었다.

덕분에 하급 마궁이 3곳이 또 추가되어 로이스는 도합 18곳의 마궁을 보유하게 되었다.

"후후, 이제 제대로 싸워 볼까, 중마왕?"

"이 미친놈! 가장 고통스럽게 죽여 주마."

자신의 앞에서 하급 마왕 셋을 가볍게 죽여 버리는 로이스를 보며 스펠룬카는 크게 분노했다.

파파파팟! 스파파팟—

여섯 개의 팔이 공간을 누비며 여섯 자루의 검들이 죽음의 폭풍을 만들었다. 그 폭풍은 로이스의 전신을 유린하며 수많은 상처를 만들어 냈다.

맷집이 대거 깎여 나갔다.

그러나 로이스는 눈 하나 깜빡하지 않고 오히려 폭풍 속으로 파고들었다. 주먹으로 상단을 보호한 채 말이다.

이에 스펠룬카가 가소롭다는 듯 웃으며 말했다.

"죽으려고 작정한 거냐? 하긴 빨리 포기할수록 고통이 적을 것이다."

"천만에! 그 따위 공격으로는 날 어쩔 수 없다, 마왕."

로이스는 날아드는 검의 그림자를 주먹으로 튕겨 내며 돌진했다.

"크카카카카! 죽고 싶어 미친놈이로군. 과연 어디까지 버티나 보자!"

파파팍! 파파팍—

스펠룬카가 작정하고 휘두른 검들에 피가 튀며 로이스의 전신이 만신창이가 되어 갔다.

푹! 푸확! 파팍! 푸화확!

핏물과 함께 맷집이 미친 듯이 바닥으로 치달았다.

[맷집 64321/90776]

그러나 로이스는 걱정하지 않았다.

충분히 피할 수 있었지만 공격력 증가 효력을 위해 일부러 상처를 입은 것이니까.

[당신의 생명력이 하락하고 있습니다.]

[유리안의 축복 인장이 발동되어 당신의 공격력이 증가합니다.]

바로 이것이었다.

　＊ 용자 유리안의 축복 인장
　—당신의 생명력이 하락할수록 공격력이 증가함.
　—생명력이 많이 하락할수록 공격력은 더 많이
　증가함.

　몸은 좀 고통스럽긴 하지만 맷집이 깎여 나갈수록 로이
스는 더욱 강한 공격을 가할 수 있으니까.
　퍽! 퍽!
　로이스가 한 방씩 날리는 공격에 스펠룬카의 몸이 움찔
움찔 떨렸다.
　"크큿! 곧 죽게 될 놈이 별 발악을 다 하는군. 제법이다
만 그래 봤자 소용없다."
　피투성이가 된 로이스의 반격이 매우 매섭다는 걸 느꼈
지만 스펠룬카는 곧 로이스를 죽일 수 있을 것이라는 생각
에 더욱 강하게 몰아붙였다.
　그러다 보니 로이스의 맷집은 계속 떨어졌고, 전신이 고
깃덩이를 연상케 할 정도로 만신창이가 되어 버렸다.

　[맷집 18155/90776]

그렇게 맷집이 계속 떨어지던 어느 순간.

[현재 당신의 생명력이 20% 이하이므로 미흐의
의지가 발동됩니다.]

[당신의 미흐가 4900 소모됩니다.]
[미흐 87442/92342]

[미흐의 기운이 당신의 생명력을 모두 회복시킵니다.]
[맷집 90776/90776]

'후후, 이것도 기다렸다!'

설마 유리안의 축복 인장 하나만 믿고 맷집이 떨어지는
걸 그대로 두고 보았겠는가.

생명력이 떨어지면 자동으로 회복되는 사기적인 능력인
미흐의 의지!

바로 이것이 로이스가 노렸던 비장의 승부수였다.

화아아악!

로이스의 하락한 맷집이 순식간에 최대치로 돌아왔다.

[당신의 공격력과 방어력이 일시적으로 대폭 상
　승합니다.]

　뿐만 아니라 비록 일시적이지만 공격력과 방어력도 대폭
상승했다.
　전신이 완전 회복된 상태인 데다 유리안의 축복 인장에
서 발동되는 공격력 증가 효력에 추가해서 방어력까지 증
가했다.
　게다가.

　　[미스토스의 은총이 당신의 노력에 대한 보상을
　줍니다.]
　　[미흐의 의지가 3단계가 되었습니다.]
　　[미흐의 의지 발동 시 소모되는 미흐가 4600으로
　감소합니다.]
　　[미흐의 의지 발동 시 공격력과 방어력 상승 효
　과 및 지속 시간이 증가합니다.]

　'오! 미흐의 의지가 한 단계 올랐구나.'
　로이스의 두 눈이 반짝였다.
　미흐의 의지 단계가 상승하면 그만큼 미흐 소모도 줄고

공격력과 방어력 상승 효과 및 지속 시간도 증가한다.

그만큼 적에게 치명적인 타격을 줄 수 있다는 뜻.

'확실히 엄청나게 더 강해진 느낌이군.'

순간적이지만 전투력이 대폭 상승했으니 이 기회를 어찌 놓치겠는가.

"이런 건 이제 내게 통하지 않는다, 마왕!"

로이스는 스펠룬카가 휘두르는 검을 모조리 튕겨 내 버렸다.

이에 스펠룬카가 기겁하듯 놀랐다.

"뭐, 뭐냐? 제법 잔재주를 부린다만 그런 걸로 나를 어찌할 수 있을 것 같으냐?"

"그럼 어디 막아 봐."

로이스는 순식간에 스펠룬카의 검들을 후려치며 파고들어 그의 몸체에 주먹을 꽂아 넣었다.

퍼억—!

단 한 대를 맞았을 뿐인데 스펠룬카의 거대한 몸체가 세차게 흔들렸다.

"크으으윽!"

퍽! 퍼퍼퍽—

한 방이 두 방이 되고, 두 방이 네 방이 되고!

스펠룬카가 일방적으로 얻어맞기 시작했다.

"으하하하! 죽어라, 마왕!"

그런데 그 순간.

로이스의 주먹에 의해 전신이 뭉개지다시피 했던 스펠룬카의 몸이 그 자리에서 번쩍 사라졌다.

동시에 로이스를 중심으로 스펠룬카의 분신이 세 개 나타났다.

"나를 그 정도까지 몰아붙이다니 제법이로군! 그러나 이제는 다를 것이다!"

"가소로운 미스토스 용병 놈! 죽여 주마!"

"쿠카카캇! 애송이 용병! 나 중마왕 스펠룬카의 진정한 힘을 느껴 보아라!"

놀랍게도 세 개의 분신이 모두 스펠룬카의 본신과 동일한 전투력을 발휘했다.

번쩍! 파파파팟—

촤라라라! 스파팟!

로이스는 세 명의 스펠룬카와 전투를 벌이는 것이나 다름없었다.

'이건 또 뭐냐?'

다 죽여 놨더니 갑자기 세 명으로 늘어나 공격을 퍼부어 올 줄이야.

제2위 중마왕이라더니 이런 기괴한 능력도 있는 것인가?

역시나 만만치 않은 녀석이었다.

푹! 푸확! 파파팍!

'윽! 정신없네!'

어쩔 수 없이 로이스의 맷집이 다시 하락했다.

그사이 공격력과 방어력 상승 효과가 사라지고 본래의 상태로 돌아왔으니까.

그래도 맷집이 하락하는 순간 유리안의 축복 인장이 발동했다.

[당신의 생명력이 하락하고 있습니다.]

[유리안의 축복 인장이 발동되어 당신의 공력력 이 증가합니다.]

공격력이 다시 증가하기 시작했다.

순수 공격력만 따진다면 미흐의 의지보다 유리안의 축복 인장이 더욱 강력하다 할 수 있었다.

하지만 세 명의 스펠룬카가 공격을 해 대니 전신에 계속 부상이 생겨났다.

[맷집 18155/90776]

물론 맷집이 끝없이 하락하는 데도 로이스의 표정은 무척이나 여유로웠다.

빨리 하락하기를 오히려 기다리고 있었으니까.

　[현재 당신의 생명력이 20% 이하이므로 미흐의 의지가 발동됩니다.]

　[당신의 미흐가 4600 소모됩니다.]

　[미흐 82842/92342]

　[미흐의 기운이 당신의 생명력을 모두 회복시킵니다.]

　[맷집 90776/90776]

　[당신의 공격력과 방어력이 일시적으로 대폭 상승합니다.]

'후후, 이거 뭔가 미안한걸.'

또다시 완벽하게 회복됐다. 로이스가 만면에 미소를 지었다.

"이제 내 차례다, 스펠룬카! 완전히 박살 내 주마."

공격력과 방어력이 대폭 상승한 로이스는 스펠룬카의 공격을 무시한 채 폭풍처럼 돌진해 주먹을 마구 휘둘렀다.

퍽! 콰콰쾅!

콰직! 콰아아앙!

스펠룬카의 팔들이 부러지고 검들이 부러졌다. 분신들이 뒤로 밀려났다.

"크으! 빌어먹을! 광폭의 능력이라도 가진 거냐?"

"으으으! 버러지 같은 놈이 감히!"

"크윽! 우라질! 어째서 안 죽고 계속 멀쩡해지는 것인가?"

결국 스펠룬카의 분신들 중 두 개가 먼지가 되어 흩어졌다.

마지막 하나의 분신!

아니, 그것은 본신이었다.

본신만 처치하면 될 것이다.

그러나 로이스 역시 인상을 구겨야 했다.

'뭐야? 저놈도 멀쩡해졌네.'

그사이 스펠룬카도 완벽하게 스스로를 회복시킨 상태.

처음 봤던 그 모습 그대로였다.

"애송이! 네놈이 무슨 짓을 해도 나는 죽지 않는다."

스펠룬카가 크게 웃자 그 옆으로 다시 두 명의 분신이 나타났다.

로이스가 투덜거렸다.

"또야? 지겹지도 않냐?"

"닥쳐라! 지겨운 건 네놈이다."

"가소로운 용병 놈!"

"이제는 제발 좀 죽어라!"

분신들이 본신과 함께 로이스를 포위하며 검을 휘둘렀다.

18개의 팔!

18개의 검!

그것들이 천지사방을 둘러싸며 날아드니 로이스의 몸은 다시 또 만신창이로 변하고 말았다.

[맷집 18155/90776]

[현재 당신의 생명력이 20% 이하이므로 미흐의 의지가 발동됩니다.]

[당신의 미흐가 4600 소모됩니다.]

[미흐 78242/92342]

하지만 미흐의 의지가 있는데 무슨 걱정일까?

그로 인해 또다시 말끔하게 회복됐다.

[미흐의 기운이 당신의 생명력을 모두 회복시킵니다.]

[맷집 90776/90776]

[당신의 공격력과 방어력이 일시적으로 대폭 상 승합니다.]

덕분에 다시 일시적으로 전투력이 대폭 상승!

　　[미스토스의 은총이 당신의 노력에 대한 보상을
줍니다.]
　　[미흐의 의지가 4단계가 되었습니다.]
　　[미흐의 의지 발동 시 소모되는 미흐가 4300으로
감소합니다.]
　　[미흐의 의지 발동 시 공격력과 방어력 상승 효
과 및 지속 시간이 증가합니다.]

그사이 미흐의 의지의 단계가 또 상승했다.

계속 펼치니 단계도 빨리 오르는 것이다.

'이러면 나야 좋지 뭐.'

로이스는 흐뭇하게 웃었다.

사실 다른 전술과 달리 미흐의 의지 단계는 쉽게 올리기
어렵다. 생명력이 20% 이하로 떨어져야 발동되는 만큼 조
건이 매우 까다롭기 때문이다.

그리고 지금껏 그런 상황은 몇 번 없었던 터라 미흐의 의
지는 2단계에 머무르고 있었는데, 오늘만 벌써 2단계가 올
라 4단계가 됐다.

'아직 미흐는 많아.'

미흐가 완전히 떨어져도 걱정은 없었다.

비록 하루 한 번이지만 미스토스 10카퍼스를 들여 전신의 모든 상태를 회복시킬 수 있는 회생의 축복 인장이 있기 때문이다.

이때는 생명력뿐 아니라 미흐도 완벽하게 회복된다.

그럼 또 미흐의 의지를 20번도 넘게 펼칠 수 있을 것이다.

따라서 스펠룬카처럼 기괴한 능력을 지닌 마왕이 오히려 로이스에게는 수련을 도와주는 존재였다.

그 후로도 몇 번 더 미흐의 의지가 발동했다.

　　[미스토스의 은총이 당신의 노력에 대한 보상을 줍니다.]
　　[미흐의 의지가 5단계가 되었습니다.]
　　[미흐의 의지 발동 시 소모되는 미흐가 4000으로 감소합니다.]
　　[미흐의 의지 발동 시 공격력과 방어력 상승 효과 및 지속 시간이 증가합니다.]

드디어 5단계!

이제 미흐의 의지 발동 시 소모되는 미흐도 4000으로 감소했다.

'이제 슬슬 저놈도 한계가 오는 것 같은데?'

스펠룬카의 움직임이 처음에 비해 꽤 느려진 상태였다.

로이스와 싸우며 마기를 많이 소모하자 전투력이 하락한 것이 분명했다.

그 틈을 놓칠 로이스가 아니었다.

"그만 끝내 주마!"

기회가 있을 때 해치우지 않으면 또 무슨 변수가 생길지 모르는 법.

퍽퍽!

거침없이 돌진한 로이스의 주먹이 스펠룬카와 분신들의 안면 중 두 개를 박살 냈다.

쾅! 콰아앙! 우드드득! 촥! 촤악!

"크아아아아악!"

심장을 부숴 버리고 팔도 모조리 잡아 뜯었다.

이제 마지막 안면만 날려 버리면 중마왕 스펠룬카는 차원계의 저편으로 먼지가 되어 사라지고 말 것이다.

그 순간.

"네놈이 감히!"

절대용자 아이언과 치열하게 격전 중이던 상마왕 바스모

가 돌연 로이스를 향해 신형을 돌려 돌진해 왔다.

"죽여 버리겠다, 용병 놈!"

바스모의 황금빛 대검이 태양처럼 번쩍이더니 거대하게 변했다.

번쩍! 슈우우우—

상공에서 유성이 떨어져 내리는 듯 거대한 대검이 로이스를 향해 내리꽂혔다. 그것을 본 아이언이 깜짝 놀라며 다급히 외쳤다.

"피해라, 로이스!"

저 공격은 아이언조차 막을 엄두도 내지 못하는 바스모의 최강 필살기!

무조건 피해야 했다.

방패건 뭐건 소용없었다.

검에 스치기만 해도 가루로 변해 버리고 말 것이다.

로이스 또한 위험을 직감했다.

'상마왕답게 엄청난 공격이군.'

저 공격에 맞으면 미흐의 의지가 발동되고 자시고 할 틈도 없이 즉사다. 단번에 맷집이 0이 되어 버릴 테니까.

그러나 로이스는 피하지 않았다.

그사이 스펠룬카가 알 수 없는 빛에 휩싸여 있었기 때문이다.

로이스가 바스모의 검을 피하는 순간 스펠룬카는 그 빛과 함께 대마계의 마궁으로 귀환해 버릴 것이다.

　'그럴 순 없지.'

　로이스는 바스모의 공격을 무시한 채 그대로 스펠룬카의 안면을 후려갈겼다.

　"영원히 사라져라, 중마왕 스펠룬카!"

　퍼어억!

　스펠룬카의 마지막 머리가 박살났다. 그는 비명조차 지르지 못한 채 형체도 없이 사라졌다.

　　[미스토스의 은총이 당신의 노력에 대한 보상을 줍니다.]

　　[레벨이 올랐습니다.]

　　[레벨이 올랐습니다.]

　　[레벨이 올랐습니다.]

　　[당신의 레벨이 상급 37이 되었습니다.]

　　[당신의 전투력이 대폭 상승합니다.]

　　[당신의 최대 맷집과 최대 미흐가 대폭 증가합니다.]

　레벨이 무려 3단계나 올랐다.

하긴 같은 중마왕이라도 하이무카루스와는 급이 다른 녀석이었으니 그럴 만했다.

[미스토스 50320카퍼스를 얻었습니다.]

[당신의 맨손 전투 전술이 상급 36단계가 되었습니다.]
[당신의 맨티스거의 투지(전설)가 상급 35단계가 되었습니다.]

대마계 제2위 중마왕 스펠룬카를 해치운 보상은 과연 엄청났다.

'미스토스가 5만 카퍼스가 넘게 들어왔어!'

맨손 전투는 1단계, 맨티스거의 투지는 2단계가 상승!

[중마왕의 마력 날개(신화)를 얻었습니다.]
[중마궁 스펠룬카가 당신을 주인으로 인식합니다.]

이제는 마왕도 한두 번 잡아 본 것이 아니다 보니 여기까지의 과정도 번개가 치듯 순식간에 이루어졌다.

날개는 물론 마궁 접수까지 완벽하게 말이다!

슈우우우—

바로 그 순간 바스모의 거대한 검이 로이스의 정수리부터 아래로 관통하듯 내리꽂혔다.

콰아아아앙!

그러나 폭음만 요란할 뿐 로이스는 멀쩡했다.

물론 광휘의 막을 둘렀기 때문이다.

군주의 반지로 펼칠 수 있는 무적의 방어막!

그것이 로이스의 몸을 두르고 있자 바스모의 필살기조차 아무런 위력을 발휘하지 못했다.

"뭐냐, 네놈은? 어떻게 멀쩡할 수가 있지?"

바스모는 기막힌 듯 이를 갈더니 다시 한 번 검을 내리쳤다.

콰아앙!

그러나 로이스는 그대로 공격을 튕겨 내며 바스모를 향해 돌진했다.

"상마왕 바스모! 이제 네가 죽을 차례다."

아직 광휘의 막이 사라지지 않았다.

방어하는 데 신경 쓸 필요 없이 오직 공격만 해도 되는 상황!

게다가 그사이 3단계나 레벨이 오른 덕분에 전투력도 대폭 상승했다.

그래서일까? 상대적으로 바스모가 아까보다 약해 보였다.

"하하하! 죽어랏!"

휘휙! 횡횡횡—!

맨티스거의 투지로 인해 불가사의한 파괴력이 깃든 로이스의 주먹과 발.

그것들이 연달아 날아들자 바스모는 잽싸게 방어 태세로 전환했다.

쾅! 콰앙! 콰콰쾅!

주먹과 대검이 격돌하자 폭음이 일었다.

'크윽!'

바스모는 두 눈을 부릅떴다. 검으로 막았는데도 충격이 밀려왔기 때문이다.

하지만 상마왕답게 그는 대검을 휘둘러 로이스의 공격을 완벽하게 방어해 냈다.

그러면서도 속으로 어이가 없었다.

'제길! 저놈의 손은 뭐로 만들어진 거냐?'

건틀릿도 착용하지 않은 맨손으로 그가 가진 신화 등급의 대검 앞에서 어찌 멀쩡할 수 있는지 의문이었다.

게다가 그 파괴력은 또 얼마나 불가사의한지 모른다.

아까 저 주먹에 손이 한 번 부서져 봐서 잘 알고 있다.

대검으로 막아도 충격이 밀려올 정도이니 만약 한 대라도 제대로 맞는다면?

그때부터는 스펠룬카와 같은 꼴을 당하게 되고 말 것이다.

그런 건 상상도 하고 싶지 않았다.

'도대체 저런 미친놈이 어디서 튀어나온 건가?'

바스모의 안색이 긴장으로 물들었다.

Chapter 11
상마왕 학살자

미스토스 용병계에 괴물이 나타났다.

대마계 제8위 상마왕인 바스모조차 당해 낼 수 없는 엄청난 괴물이!

'크윽! 이대로는 아무래도 안 되겠군.'

바스모는 왠지 또 하나의 미스토스 군주가 출현할 것이란 예감이 들었다.

'당장 로드께 돌아가 이 사실을 보고해야겠다.'

그러나 그는 자신에게 몰아닥칠 크나큰 불행을 미처 자각하지 못했다.

그는 지금 하필 아이언에게 등을 보인 상태였던 것이다.

절대용자 앞에서 등을 보인다는 건?

물론 제법 떨어져 있긴 하지만, 이 정도 거리는 아이언에게 지척이나 다를 바 없었다.

"크하하하! 바스모! 나와 싸우다 대체 어디에 정신을 파는 거냐?"

아이언은 로이스가 가져다 준 이 절호의 기회를 놓치지 않았다.

후웅—!

잡다하게 여러 번 공격할 것 없이 단 한 방이면 된다.

서걱!

아이언의 백색 대검이 바스모의 등을 그대로 갈라 버렸다.

"쿠으윽!"

전력을 다해 날린 최후의 일격인 만큼 바스모의 몸체는 일순 두 쪽으로 갈라졌다가 다시 붙었다.

살아는 있지만 전투력이 급감한 상태!

바스모가 치를 떨었다.

"제기랄! 치사하게 뒤치기냐?"

"크크크, 뒤치기고 뭐고 나 원래 치사한 놈이야. 그래서 어쩔 건데? 뒈져랏! 이 마왕 새끼야!"

아이언은 신이 나서 미칠 지경이었다. 잘하면 대마계의 상마왕 하나를 오늘 작살내 버릴 수 있을 테니까.

"꿈꾸지 마라, 아이언! 네놈은 절대 날 못 죽인다."

바스모는 비릿하게 조소를 흘리며 손을 슬쩍 휘둘렀다.

스스슷!

순간 시커먼 어둠의 사슬 같은 기운이 아이언을 휘감았다. 아이언은 황당해하는 표정을 지었다.

"고작 이따위 저주로 날 어쩔 수 있다는 거냐, 바스모?"

그러자 바스모가 음침하게 웃었다.

"암흑의 사슬로 널 어찌할 수 없는 건 알고 있다. 잠시 후에는 풀리겠지. 그러나 그때는 내가 이곳에 없을 거야."

곧바로 바스모의 주위에 귀환 포탈이 생성되기 시작했다.

바스모는 로이스를 노려보며 이를 갈았다.

"두고 보자, 애송이 용병 놈! 다음엔 네놈 차례다. 반드시 죽여 버리겠다."

로이스의 몸에도 시커먼 암흑의 사슬이 둘러진 상태.

이대로라면 꼼짝없이 바스모를 놓치고 말 것이다.

그러나 바로 그 순간.

"다음이란 없어. 넌 오늘 죽는다."

로이스가 번쩍 앞으로 이동하더니 포탈로 막 들어가는 바스모의 몸을 붙잡고 뒤로 잡아 뺐다.

"네놈이 어떻게?"

바스모는 경악하는 표정을 지었다.

방금 전 그가 펼친 암흑의 속박은 비록 잠시에 불과하지만 절대용자들이나 미스토스 군주들이라 해도 벗어날 수 없는 특별한 저주였다.

상마왕들의 생존기나 다름없었다.

최악의 상황에 빠져 죽음의 위기에 처했을 경우 적들을 잠시 묶어 둔 후 대마왕궁으로 귀환할 수 있기 때문이다.

즉, 이 생존기가 있어 상마왕들은 아무리 강적을 만나도 쉽게 죽지 않는다. 단번에 상마왕들을 가루로 만들어 버릴 만큼 대단한 전투력을 지닌 존재가 아니라면, 결국 놓칠 수밖에 없었다.

그런데 지금 이변이 벌어졌으니.

당연히 암흑의 속박에 묶여 있을 거라 생각했던 로이스가 바스모의 귀환을 막아 버린 것이다.

★ 용자 데니아의 축복 인장

—하루 한 번 10카퍼스의 미스토스를 소모해 당신의 모든 상태를 완전하게 회복할 수 있음. 이때는 하락한 맷집, 소진된 미흐가 최대치까지 회복되며 각종 저주 및 속박에서도 벗어남.

일명 회생의 인장이라고도 불리는 데니아의 축복 인장!

이를 통해 로이스는 바스모의 저주에서 순식간에 벗어날 수 있었다.

콰앙!

로이스는 발로 바스모의 귀환 포탈을 걷어차 흩어 버리고는 싸늘히 웃었다.

"그깟 속박 따위로 날 묶을 순 없다, 마왕! 이제 순순히 죽어라."

그 말과 함께 로이스는 바스모의 머리를 주먹으로 후려쳤다.

휙—

그러나 바스모는 연기처럼 로이스의 손을 빠져나갔다.

"어딜?"

로이스는 바람처럼 따라붙으며 바스모를 공격했다.

그사이 바스모는 아이언에게 입은 부상을 일부 회복한 상태였다.

이대로 두면 금세 본래의 전투력을 회복할 것이다.

그 전에 끝장을 내야 했다.

지금이 아니면 또 언제 상마왕을 처치할 기회가 올지 알 수 없으니까.

번쩍! 파파파—

바스모 또한 사력을 다해 로이스의 공격을 피했다.

그는 초조했다.

'빨리 이 녀석을 따돌리고 마계로 돌아가야 한다.'

이러다 자칫 아이언까지 속박에서 벗어나게 되면 끝장이었다.

'암흑의 속박도 통하지 않다니! 이놈은 대체 어디서 생겨난 괴물이란 말이냐?'

상마왕인 그도 로이스에게 결국 두려움을 느끼고 말았다.

어지간한 마왕들은 공포에 떨게 만드는 포식자의 위압 때문이 아니라 로이스의 불가사의한 전투력에 두려움을 느낀 것이다.

두 번 다시 상종하고 싶지 않은 존재!

앞으로 어디서든 멀리서라도 로이스를 보면 그 즉시 도주하고 말 것이다.

그러나 안타깝게도 그에게는 그럴 기회가 주어지지 않았다.

로이스가 집요하게 따라붙어 주먹을 휘둘렀고, 결국 바스모는 피하지 못했다.

쾅!

"쿠으으윽!"

한 방에 전신의 마기가 흩어졌고, 두 방에 윙 블레이드로도 쪼개지기 힘든 그의 단단한 몸체에 균열이 일었다.

쾅! 콰쾅! 퍼어어억—

세 방에 바스모의 심장이 박살 났고, 네 방째!

그것이 마지막이었다.

날개를 제외한 바스모의 몸체가 부서져 가루로 변해 흩어져 버렸다.

대마계 제8위 상마왕이 로이스의 손에 최후를 맞이하는 순간이었다.

　　[미스토스의 은총이 당신의 노력에 대한 보상을 줍니다.]

　　[레벨이 올랐습니다.]

　　[레벨이 올랐습니다.]

　　[레벨이 올랐습니다.]

　　[레벨이 올랐습니다.]

　　[당신의 레벨이 상급 41이 되었습니다.]

　　[당신의 전투력이 대폭 상승합니다.]

　　[당신의 최대 맷집과 최대 미흐가 대폭 증가합니다.]

　　이름 [로이스]

　　레벨 [상급 41]

　　칭호 [마궁의 지배자]

　　신분 [미스토스 상급 기사]

맷집 113770/113770 (83770+30000)
미호 115340/115340 (85340+30000)

상마왕을 해치운 덕분인지 레벨이 무려 4단계 상승!

드디어 레벨이 상급 41이 되었다.

앞으로 9단계만 더 올리면 상급 50레벨이 될 것이다.

　[미스토스 104000카퍼스를 얻었습니다.]

　[당신의 맨손 전투 전술이 상급 37단계가 되었습니다.]

　[당신의 맨티스거의 투지(전설)가 상급 36단계가 되었습니다.]

'미스토스가 10만 카퍼스 넘게 들어왔어.'

스펠룬카를 해치웠을 땐 5만 카퍼스 정도였는데, 무려 그 2배였다.

'그러고 보니 오늘 미스토스를 엄청 얻었네.'

하이무카루스를 해치우고 2만 카퍼스 남짓.

하급 마왕들은 평균 1천 카퍼스.

합쳐 보면 대충 18만 카퍼스 정도를 오늘 하루에 얻은 것이었다.

'후후, 미스토스가 부족할 일은 없겠군.'

로이스는 느긋한 표정으로 군주의 목걸이가 눈앞에 띄워 준 글자들을 읽어 봤다.

[상마왕의 초마력 날개(신화)를 얻었습니다.]

'상마왕의 초마력 날개라고?'

황금빛의 찬란하게 빛나는 날개!

딱 봐도 중마왕의 마력 날개보다 훨씬 강력한 날개라는 것쯤은 충분히 알아볼 수 있었다.

그뿐이 아니다.

[바스모의 대검(신화)을 얻었습니다.]

상마왕 바스모가 사용하던 대검도 로이스의 손에 들어왔다.

보통 이런 무기들은 영구 귀속이 되어 있어서 마왕이 죽으면 함께 먼지로 변해 버리는데, 간혹 운이 좋으면 이렇게 멀쩡한 상태로 얻게 되는 경우가 있었다.

'후후, 신화 등급의 무기구나!'

보유한 무기 중에 최강이라 할 만한 것이었다.

물론 그렇다 해서 현재 주로 사용 중인 한 손 마검 다켈을 내팽개치진 않을 것이다.

다켈의 파괴력은 처음 그것을 얻었을 때보다 비할 수 없이 강해졌기 때문이다.

그사이 마검의 화신이라 할 수 있는 다켈이 결계 속에서 꾸준히 검술을 연마한 덕분이었다.

다켈이 강해질수록 마검의 위력도 강해지는 터라 앞으로 얼마나 더 성장할지 기대되었다.

[상마궁 바스모가 당신을 주인으로 인식합니다.]

이로써 상마궁까지 하나 보유하게 되어 도합 20곳의 마궁이 로이스의 휘하로 들어왔다.

[새로운 칭호 상마왕 학살자를 얻었습니다.]

'오! 칭호라고?'

군주의 목걸이가 연달아 알려 주는 내용을 정신없이 읽다 보니 새로 얻은 날개와 대검에 대해 살펴볼 겨를도 없었다.

뭐 어차피 그것들이야 아공간에 들어 있으니 급할 것 없이 언제든 여유 있을 때 꺼내 볼 수 있었다.

＊ 상마왕 학살자

　―칭호 등급 : 신화

　―장착 시 모든 전술의 숙련도 상승 속도 대폭 증가.

　―장착 시 모든 공격 전술의 파괴력이 대폭 증가.

　―장착 시 휘하 모든 권속의 능력 및 성장 속도
가 대폭 증가.

　―장착 시 최대 맷집 50000 증가.

　―장착 시 최대 미흐 50000 증가.

　―포식자의 위압 8단계

'오!'

로이스는 즉각 현재 장착 중인 칭호와 비교해 봤다.

　＊ 마궁의 지배자

　―칭호 등급 : 신화

　―장착 시 모든 전술의 숙련도 상승 속도가 대폭
증가.

　―장착 시 휘하 권속 중 마물, 마족, 마왕 등 어둠
속성 권속들의 능력 및 성장 속도가 대폭 증가.

　―장착 시 최대 맷집 10000 증가.

─장착 시 최대 미흐 10000 증가.

─포식자의 위압 7단계

─장착 시 마궁과 이계를 자유롭게 오갈 수 있는

다크 포탈 생성 가능.

대충만 살펴봐도 지금 얻은 상마왕 학살자가 모든 면에

서 상위의 능력을 지닌 칭호가 맞았다.

다만 칭호를 바꿀 경우 마궁과 연결되는 다크 포탈을 만

들지 못하게 되지만, 그거야 그때만 잠시 칭호를 바꿔서 사

용하면 되는 일.

다크 포탈 하나 때문에 굳이 효력이 낮은 마궁의 지배자

를 장착하고 있을 필요는 없는 것이다.

로이스는 즉시 칭호를 변경했다.

[칭호 상마왕 학살자가 장착되었습니다.]

[당신의 모든 전술의 숙련도 상승 속도가 대폭

증가합니다.]

[모든 공격 전술의 파괴력이 대폭 증가합니다.]

[휘하 모든 권속의 능력 및 성장 속도가 대폭 증

가합니다.]

[당신의 최대 맷집이 50000 증가합니다.]

[당신의 최대 미흐가 50000 증가합니다.]

[당신은 포식자의 위압 8단계를 각성했습니다. 이는 당신이 분노하면 발동되며, 그때는 모든 하급 마왕과 중마왕은 물론 일부 상마왕들도 당신을 향해 두려움을 느낄 것입니다. 발동 장소의 제약은 없으며, 당신이 분노하지 않을 때는 포식자의 위압 6단계가 자동 발동됩니다.]

이름 [로이스]

레벨 [상급 41]

칭호 [상마왕 학살자]

신분 [미스토스 상급 기사]

맷집 153770/153770 (83770+70000)

미흐 155340/155340 (85340+70000)

이로써 맷집과 미흐가 둘 다 15만을 넘어갔다.

그것 때문인지 로이스는 뭐라 표현할 수 없는 신비한 활력을 느꼈다. 아까의 자신과 지금의 자신을 비교해 보면 그 사이 두 배는 더 강해진 것 같았다.

지금 상태로 상마왕 바스모와 다시 붙는다면 아이언의 도움이 없이도 일방적으로 이길 수 있을 것이다.

절대용자 아이언이 암흑의 구속을 풀고 로이스 앞에 온 것은 바로 이때였다.

"맙소사! 설마 지금 바스모를 해치운 것인가?"

아이언은 이미 그 사실을 알고 있으면서도 믿기지 않는 듯 로이스를 향해 물었다. 로이스는 미소 지었다.

"물론 해치웠어. 하지만 아이언 그대가 그놈을 공격해 힘을 빼 놓지 않았다면 쉽게 이기기는 힘들었을 거야."

인정할 건 인정해야 했다.

스펠룬카까지는 로이스가 자신의 힘만으로 해치운 게 맞지만, 상마왕 바스모는 아이언의 도움이 결정적이었으니까.

물론 로이스는 아이언이 없었다고 해도 바스모에게 패배했을 것이라고 생각하지는 않았다. 방금처럼 손쉽게 해치우기가 어려웠을 뿐 결국은 이겼을 것이다.

물론 레벨이 대폭 오른 지금이라면 또 얘기가 달라지지만.

그러자 아이언이 크게 웃었다.

"크하하하하! 이게 정말 꿈인가? 생시인가? 상마왕 바스모를 이렇게 보내 버리다니! 로이스! 그대는 진정 대단하구나. 아무리 내가 그놈에게 부상을 입혔다고 해도 그놈을 죽이는 건 불가능한 일이었다. 그런데 그 불가능한 일을 그대가 해냈다. 게다가 제2위 중마왕 스펠룬카까지 없앴으니 이는 그야말로 최고의 쾌거라 할 수 있다!"

아이언의 표정은 격동이 가득했다. 그의 얼굴엔 로이스에 대한 호의가 가득했다.

"이로써 우리도 이제 대마계의 마왕들에게 반격할 여지가 생겼다. 그동안 숨도 못 쉬고 방어하기에 바빴는데 말이야. 정말 고맙구나, 로이스!"

로이스는 미소 지었다.

"고맙긴. 이건 당연한 일이야. 대마계의 모든 마왕들을 쓸어버리는 게 나의 목표거든."

"대마계의 모든 마왕들을 쓸어버린다 했나?"

"물론이다."

그러자 아이언의 두 눈이 환하게 빛났다.

"바로 나의 꿈도 그것이다. 아니, 나를 포함한 모든 절대 용자들의 숙원이지. 그런 꿈을 그대 또한 가지고 있다니 놀랍군."

아까는 그토록 경계하더니, 로이스가 마왕들을 모조리 해치워 버리자 비로소 믿음을 가진 모양이었다.

그리고 바로 그 순간.

군주의 목걸이가 빛났다.

[용자 아이언이 당신의 능력을 인정했습니다.]

[임무 조건] 7명의 용자에게 능력을 인정받는다. 5/7

—용자 아시엘에게 능력을 인정받았음.

—용자 찰리스에게 능력을 인정받았음.

—용자 데니아에게 능력을 인정받았음.

—용자 유리안에게 능력을 인정받았음.

—용자 아이언에게 능력을 인정받았음.

—???

—???

[임무] 미스토스 군주가 될 자격을 증명하라

—7명의 용자에게 능력을 인정받는다. 5/7

—상급 50레벨을 달성한다. 41/50

'오! 아이언이 날 인정해 줬네?'

하긴 로이스를 향해 만면에 환한 미소를 지으며 좋아하는 아이언의 표정을 보니 인정은 충분히 해 줄 만했다.

'후후, 잘됐어.'

다른 용자도 아닌 절대용자에게 인정을 받으니 뭔가 기분이 더욱 뿌듯했다.

이로써 미스토스 군주가 될 자격에 점점 더 가까워졌다.

'앞으로 두 명의 용자에게만 더 인정받으면 돼.'

그때 아이언이 로이스를 향해 정색을 하며 말했다.

"난 아직도 미스토스 용병계는 믿지 않는다. 그곳에 배신자가 있다는 건 확실하니까. 하지만 로이스 그대는 아니다. 혹시 앞으로 내가 그대에게 개인적으로 의뢰를 해도 받아 주겠나?"

그러자 로이스는 씩 웃었다.

"난 미스토스 용병이야. 미스토스만 충분히 준다면 당연히 의뢰는 수락한다."

"크하하하! 역시 화통하군. 좋아! 마찬가지로 혹시 나의 도움이 필요하면 언제든 말하라. 나의 힘이 닿는 한 뭐든 도와주겠다."

순간 로이스는 두 눈을 반짝이며 아이언을 쳐다봤다.

"그럼 축복 인장을 펼쳐 줄 수 있어?"

"축복 인장이라고?"

"용자가 미스토스를 들여 펼쳐 주는 축복 말이야."

이런 건 굳이 말을 돌려서 할 필요가 없다. 로이스는 그간 자신을 인정한 용자들에게 축복 인장을 받았던 터라 혹시 아이언도 그렇지 않을까 기대해 본 것이었다.

그러자 아이언이 흐뭇해하는 미소를 짓더니 고개를 끄덕였다.

"그렇지 않아도 그대가 사양하지 않는다면 한 가지 특별한 축복을 펼쳐 줄까 했다. 이것은 오직 인연이 닿는 이에게만 줄 수 있는 것인데 그대와 관련 있을 줄은 몰랐다."

"후후, 역시 그런 게 있긴 했군. 사양하지 않을 테니 당장 펼쳐 줘."

"좋아!"

아이언은 대검을 바닥에 탁 꽂았다. 그리고는 왼손은 자신의 가슴에, 오른손은 로이스를 향해 뻗었다.

"미스토스 상급 기사 로이스! 나 용자 아이언은 그대가 상마왕 바스모를 비롯해 대마계의 마왕들을 처치한 것을 똑똑히 지켜보았다. 나는 그대의 용맹을 영원히 기억할 것이다. 이후로 나의 목숨이 다하는 그날까지 그대에게 미스토스의 특별한 은총이 가득하기를 간절히 기원하노라."

번쩍! 화아아아—

아이언의 오른손에서 찬란한 빛이 일어났다.

붉은 사자 얼굴의 문양!

그것이 로이스의 왼쪽 뺨에 새겨지더니 곧바로 투명화되어 사라졌다.

[용자 아이언의 축복 인장을 얻었습니다.]

★ 용자 아이언의 축복 인장

―대마계 제8위 상마왕 바스모와 제2위 중마왕 스펠룬카를 처치한 미스토스 상급 기사 로이스의 용맹을 기념하고자 용자 아이언이 내린 특별한 축복의 징표.

　―당신의 생명력이 하락할수록 방어력이 증가함.

　―생명력이 많이 하락할수록 방어력은 더 많이 증가함.

　―용자 아이언이 철회하지 않는 한 이 축복은 계속 지속됨.

'오! 이것은?'

용자 유리안이 펼쳐준 축복 인장과 비슷한 효력이었다.

다만 생명력이 떨어질수록 공격력이 증가하는 유리안의 축복과 달리, 이 축복은 방어력이 증가하게 된다.

이 두 가지 축복으로 인해 앞으로 로이스는 생명력이 떨어지게 되면 공격력과 방어력이 동시에 증가하게 되는 것이다.

'후후, 쉽게 죽지는 않겠군.'

이번에 레벨이 대거 오름과 동시에 칭호에서 주는 부수 효과 덕분에 로이스의 맷집은 무려 15만이 넘어가는 상태였다.

맷집이 높은 만큼 그것이 하락할 때 유리안과 아이언의 축복이 빛을 발휘하게 되리라.

맷집이 많이 떨어질수록 공격력과 방어력이 그만큼 더 올라갈 테니까.

강적을 만났을 때 부상을 입는 걸 오히려 반가워해야 할지도 모른다.

부상을 입으면 입을수록 더 강해질 테니까.

물론 그러다 죽을 우려는 하지 않아도 된다.

맷집이 20%까지 하락하면 미흐의 의지로 인해 맷집이 완전히 회복되어 버리기 때문이다.

그때 아이언이 미소 지으며 말했다.

"어떤가? 그대에게 도움이 되었는지 모르겠군."

"아주 많은 도움이 되었다. 오늘의 신세 잊지 않겠어, 절대용자 아이언."

"크하하하! 신세라면 오히려 내가 진 것이다. 그대 덕분에 나 역시 많은 미스토스를 얻게 되었거든."

로이스가 최후로 바스모를 해치우긴 했지만, 그 과정에 아이언도 기여를 한 터라 적지 않은 미스토스의 보상을 받은 모양이었다.

로이스는 흐뭇하게 웃었다.

"그거 잘됐네."

"그보다 이제부터가 진정한 전쟁의 시작이라고 해야 할 것이다, 로이스."

"진정한 전쟁의 시작?"

"상마왕 중 하나가 죽긴 했지만 대마계에는 아직 아홉 명의 상마왕이 더 있다. 뿐만 아니라 불칸의 힘은 그들 상마왕들을 모두 합한 것보다 강하다. 상마왕 바스모가 죽은 것으로 분노한 불칸이 분풀이 겸 본격적으로 전쟁을 시작할 것이라 앞으로의 상황은 지금보다 더욱 험악해질 것이다."

"불칸과 상마왕들은 내게 맡겨. 조만간 내가 그놈들을 처치해 줄 테니까."

그러자 아이언이 어이없어하는 표정을 지었지만 이내 호탕하게 웃었다.

"크하하하하! 패기가 넘치는 모습이 보기 좋군. 그러나 섣불리 그대 혼자서 그들과 맞붙지 말고 우리 절대용자들과 함께 협력했으면 좋겠다. 미스토스 군주들을 신뢰할 수 없게 된 이때 로이스 그대의 존재는 우리에게 천군만마와 같은 존재가 되었기 때문이야."

"협력은 얼마든지 하겠어. 내 힘이 필요하면 언제든 얘기해."

로이스는 흔쾌히 고개를 끄덕였다. 아이언이 씩 웃으며 손을 흔들었다.

"그럼 난 이만 돌아가 다른 절대용자들과 향후의 상황에 대한 대비를 해야겠다. 혹시 내게 달리 부탁할 건 없나?"

"잠깐만. 그러고 보니 한 가지 부탁이 있어."

로이스는 깜빡했다는 듯 말했다. 아이언이 두 눈을 휘둥그레 뜨고 물었다.

"그 부탁이 뭔가?"

"혹시 용자의 운명을 타고난 녀석을 쉽게 찾아낼 방법이 있어?"

"그게 무슨 뜻이지?"

"아드리아 대륙에 용자가 없으니 이곳 성터에 타락한 용자 따위가 거점을 세우고 있잖아. 난 아드리아 대륙의 용자를 찾아 이곳에 용자의 성을 세우게 만들고 싶거든."

그러자 아이언이 뭔가 뭉클해하는 표정을 지었다.

"그것은 나와 같은 용자들이 해야 할 일인데, 그대가 그런 생각까지 할 줄은 몰랐다, 로이스."

"용자가 없는 세계는 매우 불행하니까. 아드리아 대륙을 이대로 두면 타락한 용자의 세력이나 마왕들에 의해 비참한 꼴이 되고 말 거야."

"그것은 맞다. 설령 불칸과 같은 대마왕이 죽어 사라진다 해도 용자가 없는 세계는 어떤 식으로든 재앙을 겪을 수밖에 없다. 마왕들은 아무리 죽여도 또 나타나거든. 잡초를

뽑아도 비가 오면 다시 자라나는 것처럼 말이야."

로이스의 두 눈이 이글거렸다.

"그래서 불칸을 해치운 이후에도 난 모든 세계를 누비며 용자들을 도울 거야. 연약한 용자들을 도와 그들을 강하게 만들어 주는 것만큼 보람 있는 일이 없거든."

"그대를 보니 문득 하나의 말이 떠오르는구나."

"그게 뭔데?"

"용자는 하나의 세계를 지키지만 미스토스 군주는 그 어디에도 얽매이지 않고 수많은 세계를 지킨다."

"멋진 말이네."

"전설적인 미스토스 군주 레카온 님이 하신 말이다. 왠지 로이스 널 보니 그분이 생각나는군. 부디 너도 레카온 님 같은 진정한 미스토스 군주가 되길 바라겠다. 지금의 미스토스 군주들은 뭔가 미덥지 않거든."

로이스는 절대용자 아이언의 표정에서 미스토스 군주 레카온에 대한 짙은 존경심을 읽을 수 있었다.

용자들도 존경하는 전설의 군주!

미스토스 군주 레카온이 바로 그런 존재였던 것이다.

"물론이야. 꼭 그렇게 되겠다."

로이스는 두 눈을 빛내며 말했다. 아이언이 씩 웃었다.

"꼭 그렇게 되어라, 로이스. 그리고 용자의 운명을 타고난

자를 찾는 건 현자 프리나스라면 충분히 가능한 일이다."

"현자 프리나스?"

"내 부하 중 하나다. 잠깐 빌려줄 테니 험하게 다루지는 마라. 성격이 좀 예민한 녀석이거든."

"염려 마. 난 마왕들에게나 험악하지 같은 편에게는 잘해 준다."

"크하핫! 그럼 다음에 보자, 로이스."

그 말을 끝으로 아이언은 부하들과 함께 그 자리에서 사라졌다.

Chapter 12
아드리아 대륙

그때 로이스 앞으로 거무즈와 란데프가 달려와 넙죽 엎
드렸다.

"부대장님! 설마 상마왕까지 해치우실 줄은 상상도 못
했습니다!"

"세상에! 중마왕 스펠룬카를 해치우신 것도 모자라 상마
왕 바스모까지 해치우시다니! 이는 진정 미스토스 용병계
의 경사라 할 수 있습니다."

란데프에 이어 거무즈까지 로이스에게 존대를 하며 절을
하고 있었다.

"뭣들 하는 거냐? 어서 일어나. 난 아직 미스토스 군주

가 아니라고."

혹시 가만있어도 발동되는 6단계 포식자의 위압 때문에 그런 것 같아 로이스는 잽싸게 얕보이기 전술을 펼쳤다.

그러나 거무즈 등은 로이스의 기세 때문에 절을 한 것이 아니었다.

"대마계 상마왕을 처치하신 부대장님이야말로 진정한 미스토스 군주이십니다!"

"케켓! 맞습니다. 형식적인 절차만 남아 있을 뿐 부대장 님은 이미 미스토스 군주의 자격을 갖췄습니다."

그 말에 로이스는 팔짱을 낀 채 고개를 갸웃했다.

"그러려면 일단 명성이 천만이 넘어야 하잖아. 하긴 상 마왕을 죽였으니 잘하면 가능할지도 모르겠군."

그러자 거무즈가 묘한 미소를 흘리며 말했다.

"부대장님! 상마왕 하나를 해치우면 명성이 얼마나 오르 는지 아십니까?"

"그야 모르지. 대충 몇 백만은 되지 않을까?"

"최소 2천만입니다."

"뭐?"

"제10위 상마왕을 해치우기만 해도 최소 2천만이 오른 다고요. 제8위 상마왕 바스모라면 못해도 2천 몇 백만 정 도는 될 겁니다."

로이스는 멍해졌다.

"그렇게나 많이 올라? 한 천만 정도라면 모를까 그건 아닐 거야."

그러자 란데프가 입에서 침을 튀기며 말했다.

"제2위 중마왕 스펠룬카만 해도 거의 천만 명성짜리입니다. 거무즈 님의 말이 틀림없습니다."

"후후, 그럼 무조건 천만은 넘겠네."

"물론입니다, 쿠하하하! 이제 제가 상급 기사 녀석들을 모아 부대장님을 미스토스 군주로 추대하겠습니다."

거무즈가 호들갑을 떨었다. 로이스는 고개를 흔들었다.

"그건 급한 게 아니야. 난 현자 프리나스와 함께 아드리아 대륙에서 용자의 운명을 타고난 녀석을 찾아봐야 해."

"대체 왜 아드리아 대륙에 그리 관심이 있으신 겁니까?"

"내가 거기서 태어났거든."

"아! 그렇군요."

"오오! 그렇다면 당연한 일입니다. 저희도 돕겠습니다."

거무즈와 란데프는 더 이상 로이스에게 용병계로 돌아가 미스토스 군주가 되라고 조르지 않았다.

로이스에게는 그것보다 아드리아 대륙의 용자를 찾는 게 훨씬 중요한 일임을 직감했기 때문이다.

"너희들은 굳이 날 따라올 필요 없으니 이곳을 지켜라."

"부서진 성터를 지키라고요?"

"작지만 요새를 만들어 줄 거야. 미스토스 결계도 펼쳐 둘 거고."

그 말이 끝나는 순간 부서진 성터의 바닥이 들썩이더니 자그만 성채 하나가 생겨났다.

로이스의 날개에서 쉬고 있던 땅의 정령들이 밖으로 나와 성채를 만든 것이다.

모두 중급 땅의 정령들로 미스토스 방어 결계를 펼치는 것도 릴리아나에게 교육을 받은 터였다.

"너희들에게 10카퍼스의 미스토스를 위임할 테니 내가 올 때까지 이곳을 잘 지켜라."

"예, 로이스 님."

정령들이 허리를 숙였다. 로이스는 거무즈와 란데프를 돌아보며 말했다.

"정령들만으로는 강적을 만났을 때 버티기 힘들어. 혹시 타락한 용자의 부하들이 올 수도 있거든. 그러니 너희들도 이곳에서 대기해라."

"흐흐, 맡겨 주십시오. 부대장님. 중마왕 급이 아니라면 웬만한 하급 마왕들은 충분히 막아 낼 수 있습니다."

"명을 받들겠습니다, 부대장님!"

거무즈와 란데프는 자신 있게 대답하고는 즉각 요새 안

으로 들어갔다.

그러자 잠시 후 로이스의 앞쪽에 환한 마법진이 생겨나더니 그 위로 한 명의 소녀가 나타났다.

백색의 머리카락 아래 푸른 홍채를 반짝이는 소녀.

가녀린 체구였지만 어지간한 그랜드 마스터 이상의 기세가 느껴지는 걸로 보아 상당한 실력을 가진 듯했다.

'인간이 아니네.'

겉모습은 완전히 인간 소녀였지만, 로이스는 단번에 알아봤다.

어떻게 알 수 있느냐고 누군가 묻는다면 자세히 대답하기 힘든 일종의 직감이었다.

소녀가 물었다.

"당신이 미스토스 상급 기사 로이스 님이신가요?"

"그래."

"저는 절대용자 아이언 님의 기사인 프리나스예요. 왜 저를 찾으셨죠?"

"무슨 일 때문인지는 설명 안 해 줬어?"

"네. 절 부르시더니 이곳 좌표로 이동해 미스토스 상급 기사 로이스 님을 만나 보라 하셨죠."

"그것뿐이야?"

"네. 그것뿐이에요."

프리나스는 시큰둥한 표정이었다. 상당히 귀찮아하는 기색도 역력했다.

"그럼 내가 누군지도 아무 설명을 안 해 줬나 보네."

"미스토스 상급 기사 로이스. 이게 다예요. 아이언 님이 원래 무뚝뚝하시죠. 자세한 설명 같은 건 잘 안 해 주시거든요. 근데 혹시 뭐 제가 더 알아야 할 내용이 있나요?"

로이스는 어이가 없었다.

대마계 제8위 상마왕 바스모를 해치운 절대 강자!

진정한 미스토스 군주가 될 자!

이런 거창한 소개까지는 아니어도 최소한 로이스가 대단한 강자라는 것을 간략하게 설명해 줬어야 하는 게 아닌가.

그런 걸 직접 말하자니 왠지 없어 보이는 행동이라 로이스는 난감했다.

그사이에도 프리나스는 아무것도 모르는 듯 순진무구한 표정으로 로이스를 바라보고 있었다.

"너 현자라며?"

"현자라고들 하더군요."

"근데 딱 보면 내가 누군지 모르겠어?"

"모르겠는데요. 혹시 대단한 분이신가요?"

"내 입으로는 차마 말을 못하겠어."

"그럼 하지 마세요. 보통 별 볼 일 없는 자들이 자기 입으로 스스로를 내세우거든요."

"맞아. 내가 그런 별 볼 일 없는 녀석이 될 수는 없지. 내 스스로는 아무 말도 하지 않겠어."

로이스는 진지한 표정이었다. 그러자 프리나스가 풋 웃었다.

"역시 로이스 님은 대단하신 분이셨군요."

"그렇게 생각해?"

"네. 왠지 그런 느낌이 들어요."

"뭐 그렇게 생각한다면 말리지는 않겠어."

로이스는 만면에 미소를 지으며 말을 이었다.

"그보다 난 이제 아드리아 대륙에서 용자의 운명을 타고난 자를 찾을 거야. 어디 있는지 알 수 있겠어?"

"어렵지 않죠."

프리나스는 아주 간단한 일이라는 듯 가볍게 미소 지었다.

로이스는 반색했다. 프리나스가 뭔가 엉뚱해 보여도 정말 현자이긴 한 모양이었다.

"어서 날 그곳으로 안내해."

"그럼 우선 아드리아 대륙으로 이동할게요."

"좋아."

아드리아 대륙은 성터에서 멀지 않은 곳에 있었다.

보랏빛의 구름 바다!

이전 라키아 대륙의 경계에 존재하고 있는 것과 동일했다.

프리나스가 말했다.

"아시겠지만 잠시 후 우리는 사파룬 대륙에서 아드리아 대륙으로 들어갈 거예요. 저 구름 바다를 통과하면 아드리아 대륙이죠."

"사파룬 대륙?"

로이스가 고개를 갸웃하자 프리나스가 어이없어하는 표정으로 말했다.

"우리가 서 있는 바로 이곳이 사파룬 대륙이잖아요. 설마 그것도 모르고 계시나요?"

"샤론 대륙 아니었어? 사파룬 대륙은 또 어디야?"

그러자 프리나스가 빙그레 웃었다.

"샤론 대륙 출신이셨나 보군요. 하긴 사파룬 대륙과 샤론 대륙이 연결된 지 얼마 안 되어 헷갈릴 수도 있겠죠."

"그래?"

"사실 둘 다 무한의 세계이다 보니 서로 연결된 이상 어느 이름으로 불러도 상관없어요. 샤론 대륙이 곧 사파룬 대륙이나 마찬가지죠."

뭔가 어려운 얘기였다.

그러나 무한의 세계끼리 서로 연결되었다는 말에 대충

그러려니 싶었다.

"네 말대로라면 원래는 샤론 대륙이랑 사파룬 대륙이 멀리 떨어져 있었다는 얘기네?"

"멀지는 않고 근처에 있었어요. 그렇다고 가까운 건 아니지만 그래도 다른 무한의 세계들과는 달리 두 세계는 아주 가까웠고 그러다 보니 연결된 거죠. 차원의 세계에서 이런 일은 드물지 않게 발생해요. 또 다른 무한의 세계가 연결될 수도 있어요."

로이스가 놀란 건 두 무한의 세계가 연결되었다는 것 때문이 아니었다.

본래 자신의 고향이라 할 수 있는 아드리아 대륙이 샤론 대륙과 연결된 소세계가 아니라, 전혀 별개의 무한 세계인 사파룬 대륙과 연결된 소세계들 중 하나였다는 것이 의외였던 것이다.

"뭐 그렇다고 치고. 일단 아드리아 대륙으로 들어가자."

"네, 로이스 님."

곧바로 로이스와 프리나스는 보라색 구름 바다 속으로 자취를 감췄다.

*   *   *

대마계 대마왕성의 대전.

대마왕좌에 앉아 있는 은발 사내의 표정은 딱딱하게 굳어 있었다.

"지금 뭐라 했나, 프리뭄?"

"상마왕 바스모가 죽었습니다."

"다시 말해 봐라. 누가 죽었다고?"

"절대용자 아이언에게 상마왕 바스모가 죽었습니다."

그러자 불칸이 인상을 구겼다.

"아이언이란 놈이 바스모를 죽일 수 있을 만큼 강하다는 건가?"

"그럴 리가 없습니다. 둘은 비슷한 수준이었죠."

"그런데 어째서 아이언이 바스모를 죽일 수 있었던 건가?"

"그게 저도 어떻게 된 건지 잘 모르겠어요. 지금 확인 중입니다."

프리뭄도 이 상황이 무척이나 당혹스러웠다.

절대 벌어질 수 없는 일이 벌어졌기 때문이다.

"그리고 제2위 중마왕 스펠룬카와 제49위 중마왕 하이무카루스도 함께 죽었습니다."

"……"

불칸은 기막힌 듯 아무 말도 하지 않고 프리뭄을 노려봤다.

프리뭄은 고개를 푹 숙인 채 말했다.

"죄송합니다, 로드. 제가 좀 더 치밀하게 상마왕들을 통솔했어야 했는데, 모두 저의 책임이에요."

"잘 아는구나. 모든 게 너의 책임이다, 프리뭄. 나는 모든 상마왕들과 중마왕들을 통솔한 권한을 네게 주었다. 그런데 바스모와 스펠룬카가 죽었다는 건 네가 일을 제대로 하지 않았다는 뜻이지."

프리뭄이 몸을 떨었다.

"그래도 상급 용자들을 대부분 날려 버린 건 저의 계책이었어요. 비록 바스모와 스펠룬카가 죽은 건 안타까운 일이지만."

"하이무카루스도 죽었다. 그리고 그 아래 중마왕 다섯이 더 죽었지. 그런데도 너는 잘도 살아있구나, 프리뭄. 널 어떻게 하면 나의 분이 풀리겠느냐?"

"흐흑! 죽여 주세요, 로드."

프리뭄은 머리를 바닥에 쿵 박았다. 불칸이 키득거리며 프리뭄의 머리채를 와락 잡아 올린 후 마구 후려쳤다.

"죽여야지. 네년이 제대로 일을 안 했으니 이 꼴이 된 거 아니냐?"

"으아아아악!"

불칸은 정말로 프리뭄을 잡아 죽일 기세였다.

그러자 대전에서 숨죽여 그 상황을 지켜보던 다른 상마왕들과 중마왕들이 일제히 머리를 땅에 박으며 외쳤다.

"대마왕이시여! 부디 자비를 베풀어 주소서."

"로드! 프리뭄 님을 죽이시면 안 됩니다."

"로드! 자비를 베풀어 주십시오!"

"차라리 저희들을 모두 죽여 주소서!"

그렇게 모든 마왕들이 머리를 터져라 바닥에 수없이 박고서야 불칸이 프리뭄을 내려놓았다.

그사이 프리뭄은 형체를 알아볼 수 없을 만큼 망가져 있었다.

불칸은 프리뭄을 내려다보며 말했다.

"대책은 세웠느냐?"

"세웠습니다."

프리뭄이 꿈틀거리며 대답했다. 대책이 없으면 만들어서라도 무조건 있어야 했다. 이 상황에서 아무 대책도 없다고 말하면 정말로 죽게 될 것이다.

"그럼 대책이 뭔지 말해 봐."

"이제부터 저도 직접 나서 절대용자들을 공격하겠어요."

"네가 직접 나서겠다?"

"하급 용자나 미스토스 용병들 따윈 어차피 무시해도 되죠. 절대용자들만 쓸어버리면 누가 대마계에 저항을 하겠어요?"

"그건 그렇지."

불칸의 입가에 슬쩍 미소가 피어났다.

"수단과 방법을 가리지 마라. 난 오직 결과만 본다, 프리뭄."

"알고 있어요, 로드."

프리뭄은 입술을 깨물었다.

그녀가 아무리 대단한 노력을 했다고 해도 결과로써 증명을 하지 않으면 불칸 앞에서는 게으름 피우고 논 것과 다름없다.

별일도 안했는데 운 좋게 좋은 결과를 얻었다면, 그것만으로도 불칸은 흡족해 하며 칭찬을 해 줄 것이다.

불칸이 말했다.

"세작을 이용해라. 협상을 하는 척하며 절대용자들과 군주들을 한자리로 끌어모은 후 다 쓸어버려."

"그러다간 제게 충성을 바친 그가 노출될 수도 있어요."

"노출되는 것이 문제냐? 그놈이 죽든 말든 그건 우리가 알 바 아니야. 그놈을 죽이고 군주나 절대용자 중 몇을 제거할 수 있다면 아까울 것 없잖아."

"그건 그래요. 제 생각이 짧았습니다, 로드. 지금 즉시 시행하겠어요."

곧바로 허리를 숙이는 프리뭄의 두 눈이 섬뜩하게 번쩍
였다.

그사이 대전에 있던 상마왕들과 중마왕들은 여전히 엎드
린 채 불칸과 프리뭄의 말에 귀를 기울였다.

보통은 이런 중요한 얘기는 불칸과 프리뭄 단둘이 은밀
히 주고받지만, 특이하게도 오늘은 대전에 있는 모든 마왕
들이 들을 수 있었다.

그러다 보니 제100위 중마왕인 탈락티스의 입가에는 회
심의 미소가 맺혀 있었으니.

'세작을 이용한다?'

그렇다면 어떤 식으로든 이번에 먼저 협력을 제의하는
자가 프리뭄의 하수인이라는 얘기였다.

다만 아쉽게도 프리뭄은 누가 그녀에게 충성을 바치는
세작인지는 말하지 않았다.

미스토스 용병계에 있는지 아니면 절대용자들 중에 있는
지도 말이다.

다만 탈락티스가 추정하건대 평범한 존재는 아니었다.

적어도 미스토스 군주들 아니면 절대용자 중의 하나였
다. 그리고 왠지 미스토스 군주들 중 하나일 가능성이 높아
보였다.

'세작만 제거하면 다시 미스토스 용병계와 용자들은 예

전처럼 친밀한 관계로 돌아가게 될 것이다. 이번에 반드시 그 세작을 찾아내야 한다.'

그사이 불칸과 프리뭄의 대화는 끝이 났다.

불칸은 어딘가로 사라지고 프리뭄만 대전에 남아 상마왕들과 중마왕들에게 지시를 내렸다.

"상마왕들은 본래의 자리로 돌아가 절대용자와 미스토스 군주들을 견제해라."

"예, 프리뭄 님."

상마왕들이 모두 사라졌다. 이어서 프리뭄은 중마왕들에게 지시를 내렸다.

"제1위부터 제40위 중마왕들은 모두 상마왕들을 따라가 그들의 지시를 따라라."

그 말과 함께 그녀는 각각의 중마왕들을 상마왕의 부대에 배속시켰다.

그들 중마왕들이 임무를 부여받고 사라지자 대전에는 제41위 이하의 중마왕들만 남았다.

본래는 60명이지만 그중 6명이 죽임을 당한 터라 54명뿐이었다.

프리뭄이 이들을 따로 빼놓은 건 어차피 절대용자와의 전투에서 별로 쓸모가 없기 때문이었다. 공연히 절대용자들 근처에 얼쩡대다 순식간에 죽임을 당하고 말 테니까.

'그렇다고 이 녀석들을 놀릴 수는 없지. 하급 용자들이 나 공격하라 해야겠어.'

하급 용자들이 계속 죽어 나가고 그들이 지키던 세계들이 궤멸당하면 그 소식을 들은 절대용자들은 매우 심난해질 것이다.

돕고 싶어도 도울 수 없는 상황이 계속 이어지게 될 테니까.

곧바로 프리뭄은 각 중마왕들에게 용자들이 지키는 소세계들을 쓸어버리라 명했다.

"이제부터 너희들 각자에게 하급 마왕들을 휘하로 배속시켜 주겠다. 그들을 이끌고 내가 지정한 세계에 있는 인간과 이종족들을 모두 몰살시키도록 하라."

"예, 프리뭄 님."

중마왕들이 공손히 바닥에 머리를 박았다.

사실 중마왕들은 지금 극도로 긴장한 터였다.

상마왕 프리뭄의 기분이 몹시 좋지 않아 보였기 때문이다.

잔혹하기로 따지면 대마왕 불칸보다 더하면 더했지 덜하지 않는 최고의 상마왕이 바로 프리뭄이 아닌가.

그녀의 비위를 조금이라도 거스르는 날에는 어떤 처참한 꼴을 당할지 알 수 없는 것이다.

중마왕들은 프리뭄의 지시에 그 어떤 토도 달지 않고 최대한 충성스러운 표정으로 대답하고는 하나씩 사라졌다.

그리고 마지막 탈락티스만 남았다.

"탈락티스!"

"예, 프리뭄 님."

"넌 아드리아 대륙으로 가라. 네게는 일전에 주기로 한 포상도 있고 하니 특별히 수호자인 용자가 없는 곳으로 정했다. 최대한 잔인하게 인간과 이종족을 몰살시켜라. 네 휘하로는 마왕 우리나와 페쿠스가 배속되었다."

"명을 받들겠습니다."

쿵!

탈락티스는 바닥에 머리를 박으며 크게 외치고는 대전을 빠져나왔다.

그러자 그의 앞에 두 명의 마왕이 공손히 허리를 숙였다.

"중마왕 탈락티스 님을 뵙습니다. 저는 마왕 우리나입니다."

"중마왕 탈락티스 님을 모시게 되어 영광입니다. 마왕 페쿠스입니다."

이들은 이번에 탈락티스 휘하에 배속된 마왕들로 프리뭄에 의해 대마왕궁의 대전 앞으로 소환되어 있던 터였다.

츠으으으!

그 순간 그들의 앞으로 다크 포탈이 나타났다.

아드리아 대륙 내부로 이동하는 포탈이었다.

아드리아 대륙을 지키는 용자의 성이 존재한다면 그 성을 부숴야만 아드리아 대륙 내부로 즉각 이동할 수 있다. 하지만 지금은 용자의 성이 없는 터라 그런 번거로움이 없었다.

"가시죠, 탈락티스 님."

"먼저들 이동해라. 나는 곧바로 뒤따라가겠다."

"예, 분부를 따르겠습니다."

다크 포탈 속으로 두 명의 마왕이 사라졌다.

탈락티스는 무겁게 가라앉은 표정으로 다크 포탈을 쳐다봤다.

'기어코 올 것이 왔구나.'

아드리아 대륙을 피로 물들이지 않는다면 그는 프리뭄에게 의심을 받게 될 것이다. 그렇게 되면 큰일이었다.

그렇다고 아드리아 대륙을 피로 물들이자니, 그것은 그가 가장 혐오하는 일이었다.

사악한 마왕들로부터 인간과 이종족을 지키고자 저주받은 마왕으로서의 삶을 감수하고 있는 그가 아니었던가.

그런데 그런 자신이 다른 마왕들과 동일하게 살육을 자행할 수는 없는 일.

'의심을 받지 않으려면 어쩔 수 없는 일이지만…… 정말

내키지 않는구나.'

그는 이러지도 저러지도 못할 상황에 처해 있는 것이다.

"넌 왜 가지 않고 멀뚱히 서 있는 거지?"

그때 여인의 서늘한 음성이 울렸다. 다름 아닌 프리뭄이
었다.

탈락티스는 흠칫 놀랐지만 애써 태연히 웃으며 대답했
다.

"흐흐, 어떻게 하면 좀 더 잔인하게 인간과 이종족들을
짓밟아 줄까 고민 중이었습니다."

"새삼스럽게 그런 고민을 할 게 뭐야? 그냥 가서 죽이면
되는 거지."

"알겠습니다. 그럼 지금 즉시 가겠습니다."

탈락티스는 허리를 꾸벅 숙여 인사를 하고는 다크 포탈
속으로 사라졌다.

츠으으웃!

순간 프리뭄이 잠시 두 눈을 가늘게 뜬 채로 다크 포탈을
노려보더니 누군가를 불렀다.

"코메트!"

"부르셨습니까, 로드."

그림자 형상의 마족 코메트. 그는 프리뭄의 권속 마족 중
하나였다.

"넌 탈락티스의 뒤를 살펴라. 그놈이 어떻게 아드리아 대륙을 피로 물들이는지 하나도 남김없이 지켜보고 그대로 내게 보고해."

"명을 받들겠습니다, 로드."

코메트가 다크 포탈 속으로 사라졌다.

프리뮴은 잠시 팔짱을 낀 채로 뭔가를 생각했다.

그러다 일순 두 눈이 진한 핏빛으로 번쩍였다.

'이제부터 시작이다. 절대용자 놈들! 모조리 죽여 주마!'

그녀는 사악한 미소를 지은 채로 어디론가 사라졌다.

* * *

츠으으읏!

탈락티스가 다크 포탈을 통해 이동한 공간.

그곳은 아드리아 대륙 북부에 위치한 평원이었다.

사방이 눈으로 하얗게 뒤덮여 마치 설해를 연상케 했다.

그곳으로 먼저 간 마왕 우리나와 페쿠스가 각자의 마궁과 연결되는 다크 포탈들을 각각 펼쳐 놓았다.

"크크크크! 로드께서 우릴 부르시다니요."

"키키킥! 인간들의 대륙이군요."

"캬캬캬! 이곳을 모조리 쓸어버리면 되는 겁니까요?"

"쿠오오오오오! 명만 내려 주십시오, 로드! 인간들을 모조리 씹어 먹어 버리겠습니다."

흉포해 보이는 괴수 형상의 마족과 마물들이 다크 포탈에서 끝도 없이 쏟아져 나왔다.

중마왕들은 부활한 지 얼마 안 되어 권속 마족과 마물들이 별로 없다.

그것은 탈락티스 역시 마찬가지였다.

반면에 하급 마왕인 우리나와 페쿠스는 오랜 세월 마궁에 마족과 마물 군단을 적지 않게 양성해 놓은 터였다.

프리뭄이 중마왕들 밑으로 하급 마왕들을 붙여 준 건 바로 이 때문이었다.

잠시 후 대략 2백여 명의 마족들과 언뜻 봐도 10만은 되어 보이는 마물 군단이 모두 다크 포탈을 빠져나왔다.

이제 탈락티스가 명령만 내리면 저들은 이곳 아드리아 대륙 전역을 누비며 피와 살육의 축제를 펼칠 것이다.

"탈락티스 님! 어서 명을 내려 주십시오."

"저희는 모두 준비가 되었습니다."

마왕 우리나와 페쿠스의 표정은 잔뜩 들떠 있었다.

하나의 소세계를 피로 물들이는 것은 정상적인 마왕이라면 누구나 신나 하는 일이었다.

탈락티스만 빼고 말이다.

'이런! 프리뭄의 그림자까지 붙었군. 날 감시하고 있어.'

탈락티스는 마물들 사이에서 은밀히 자신을 지켜보고 있는 한 이질적인 존재를 감지해 냈다.

마물처럼 행세하고 있지만, 실상은 하급 마왕들 못지않은 전투력을 지닌 존재!

그는 프리뭄의 권속 마족이 분명했다.

탈락티스는 이제 결단해야 했다.

어떤 식으로든 말이다.

그런데 그가 굳이 그런 결단을 할 필요가 없는 상황이 오고 말았으니.

번쩍! 화아아악!

갑자기 탈락티스 앞쪽에 찬란한 마법진들이 생겨나더니 수많은 무리들이 나타난 것이었다.

선두에는 용맹한 눈빛을 가진 한 인간 소년이 서 있고, 그 뒤로 인간과 엘프, 이꼬트, 매구를 비롯한 이종족들과 심지어 오크, 리자드맨, 코볼트들을 비롯한 몬스터들까지 모여 있었다.

선두에 있는 십대 후반쯤 되어 보이는 소년이 그들의 우두머리인 듯했다.

탈락티스가 물었다.

"너희들은 뭐냐?"

그러자 소년이 말했다.

"난 아드리아 대륙의 위대한 수호자이셨던 용자 카디나스 님의 기사 시엔의 아들 레온이다."

용자도 아니고, 용자의 기사도 아니고, 그 기사의 아들이란다. 그것도 이미 사라져 버린 옛 용자를 섬기던 기사의 아들이라니.

"그래서 뭐 어쩌겠다는 거냐?"

탈락티스가 묻자 소년 레온은 검을 빼들고 크게 외쳤다.

"언제고 아드리아 대륙을 노리는 사악한 마왕의 무리들이 나타날 거라 예상했다. 오늘이 바로 그날이로군. 나 레온은 비록 용자는 아니지만, 너 따위 사악한 마왕이 아드리아 대륙을 더럽히는 걸 절대 두고 볼 수 없다. 이곳에 온 걸 후회하게 해 주마."

"와아아아!"

"쿠와아아아!"

레온이 말이 끝나자 그 뒤에 있던 인간과 이종족들은 물론이고 몬스터들까지 크게 함성과 포효를 질러 댔다.

탈락티스가 큭큭 웃었다.

"인간인 네가 이종족뿐 아니라 몬스터족들까지 모두 장악했다는 건가? 용자도 아닌 녀석이 제법이로군. 어지간한 용자들보다 훨씬 훌륭하다."

"닥쳐라! 마왕인 네놈에게 훌륭하다는 말 따위는 듣고 싶지 않다. 좋게 말할 때 아드리아 대륙을 떠나라. 그렇지 않으면 모조리 죽여 버리겠다."

그러자 탈락티스 오른쪽에 있던 마왕 우리나가 가소롭다는 듯 웃었다.

"호호호호! 감히 이분이 누구신지 알고 그따위 소리를 하는 거냐? 보통의 마왕이 아닌 중마왕 탈락티스 님이다. 그리고 나는 마왕 우리나! 나 혼자서도 너희들 따위는 모조리 죽일 수 있느니라."

머리에 커다란 두 개의 뿔이 박혀 있는 미모의 여마왕 우리나의 음성에는 섬뜩한 마력이 깃들어 있어 레온을 비롯한 모두의 가슴을 서늘하게 만들었다.

여마왕 우리나 하나만도 힘에 부칠 판인데 그녀가 상전으로 모시는 마왕까지 있다니.

레온의 표정이 어둡게 변했다.

'아무래도 여기서 뼈를 묻어야 할지도 모르겠구나.'

천부적인 자질과 피나는 노력으로 그랜드 마스터의 경지에 이르러 아드리아 대륙의 최강자가 되었지만 막상 마왕들 앞에 서니 두려움과 무력감이 밀려왔다.

"레온! 겁먹지 말거라. 네 어머니인 기사 시엔은 그 어떤 마왕 앞에서도 두려워 떨지 않았다. 그런 어머니를 부끄럽게 하려느냐?"

"스승님!"

레온의 뒤에 서 있는 백발의 애꾸눈을 가진 검사.

병색이 짙어 보이는 그는 레온의 검술 스승이었다.

용자 카디나스의 기사 중 유일하게 살아남은 자이기도
했다.

그가 시엔의 아들을 지켜 주며 지금껏 검술을 가르쳐 그
랜드 마스터의 경지에 오르게 해 주었던 것이다.

그는 탄식하며 말했다.

"레온! 나는 언젠가 카디나스 님의 혈육인 로이스 님이
돌아오실 거라 기대하고 너를 키웠다. 그분이 아드리아 대
륙의 용자가 되면 네가 그분의 든든한 기사로서 아드리아
대륙을 지켜 주었으면 했다. 쿨럭!"

레온이 뭐라 말을 하려 했지만 애꾸 검사는 손을 흔들며
말을 이었다.

"하지만 아쉽게도 그날은 오지 않는 듯하구나. 이제 우
리는 저 사악한 마왕들과 맞서야 한다. 이 자리에서 모두
죽는 한이 있더라도 말이야. 레온! 네가 용자의 기사가 되
기 위해 훈련받았다는 사실을 잊지 마라."

"잘 알겠습니다, 스승님! 마왕들 따위는 조금도 겁나지
않으니 염려 마세요."

레온은 그 말과 함께 다시 한 번 검을 번쩍 쳐들고 크게
외쳤다.

"모두 들어라! 아드리아 대륙을 멸망시키려는 저 사악한
마왕과 마족, 마물들을 이 자리에서 모두 죽이지 않으면 소
중한 우리의 가족들과 친구들이 죽게 될 것이다. 따라서 우
리는 목숨을 아끼지 말고 저들과 맞서야 한다. 자, 용맹한
전사들이여! 돌진하라! 한 놈도 남기지 말고 모두 죽여라!"

그 말을 끝으로 레온이 앞으로 돌진해 왔다.

"와아아아아!"

"쿠와아아아!"

그 뒤를 인간과 이종족, 몬스터들로 이루어진 부대들이
함성을 지르며 달려왔다.

'저걸 어찌한다?'

탈락티스는 남몰래 탄식했다.

'그냥 절대 찾을 수 없는 곳에 숨어 있을 것이지, 왜 하
필 나온 건가?'

중마왕인 그가 손가락 한 번만 튕기면 레온을 비롯한 선
봉들을 모조리 으스러뜨려 버릴 수 있었다.

그러나 그가 망설이고 있자 마왕 우리나와 페쿠스가 다
급히 외쳤다.

"나의 권속들이여! 저 가소로운 아드리아 대륙의 인간들

을 모두 쓸어버려라!"

"크카카카카! 나 마왕 페쿠스의 권속들이여! 저 방해꾼들을 모두 해치우고 피와 살육의 축제를 벌이라! 모조리 죽여라!"

"캬캬캬캬! 명을 받드옵니다!"

"키키키! 로드의 뜻대로!"

"쿠우우어어어! 모조리 죽여라!"

마족들이 먼저 포효를 지르며 달려 나갔고 그 뒤를 마물들이 따라갔다.

마왕들은 굳이 나서지 않고 탈락티스의 곁에서 권속들의 활약을 지켜봤다.

"호호호! 우리까지 굳이 나설 필요는 없겠죠, 탈락티스 님."

"흐흐, 저런 허접한 녀석들은 권속들에게 맡겨 두시죠."

그러자 탈락티스는 당연하다는 듯 고개를 끄덕였다.

"물론이다. 마왕인 우리가 저런 하찮은 이들을 상대로 직접 손을 쓴다면 모두가 욕할 것이다."

말은 이렇게 하면서도 탈락티스의 심정은 착잡하기만 했다.

'결국은 이렇게 되고 마는 것인가?'

그의 의지와 상관없이 그가 마왕인 이상 인간과 이종족들을 살육해야 하는 것은 피할 수 없는 운명과 같은 것이었다.

그나마 다행인 것은 마왕들이 나서지 않자 양쪽의 전력이 비등해졌다는 것!

놀랍게도 소년 레온은 마왕 우리나 휘하의 최상급 마족과 맞붙고도 밀리지 않았다.

마찬가지로 레온 휘하의 수많은 전사들과 마법사들 역시 하나같이 만만치 않은 실력을 지닌 터였다.

"으하하핫! 받아랏!"

촤아아악!

"크아악!"

급기야 레온의 검에서 짙푸른 인텐스 오러 블레이드의 광채가 피어나며 전방에 수직선을 그린 순간, 그와 맞서고 있던 최상급 마족의 몸이 그대로 두 쪽이 나 버렸다.

그렇게 마족 중 선봉장을 가볍게 해치워 버린 레온은 또다른 마족들을 찾아 전장을 종횡무진 누볐다.

그러나 그사이 다른 마족들에 의해 인간과 이종족 전사들도 죽임을 당했다.

"키키키키! 엘프 마법사인가? 죽어랏!"

"아아악!"

"쿠우오오오! 몬스터 놈들 따위가 감히 마족에게 대항하느냐?"

"꾸어어억!"

엘프들은 물론 오크들과 리자드맨들도 마족들과 마물들에게 속속 죽어 나갔다.

사방에 인간과 이종족들의 시체가 쌓여 갔고, 마찬가지로 마족과 마물들의 사체도 산을 이루었다.

그 모습을 보며 마왕 페쿠스가 히죽 웃었다.

"인간들이 발악을 하는군요. 하지만 전쟁이 길어질수록 저놈들에게는 불리해질 뿐이지요."

탈락티스는 시큰둥한 표정으로 대꾸했다.

"직접 나서겠다는 거냐?"

"그럴 리가 있겠습니까? 그저 권속들을 조금 더 늘리겠다는 것뿐입니다."

그 말과 함께 페쿠스가 뭐라 주문을 외웠다.

순간 바닥에 쓰러져 있던 인간과 이종족, 몬스터의 시체들과 사체들이 모두 언데드로 변해 쑥쑥 일어났다.

"크크크크!"

"키키키!"

언데드들은 방금 전까지 자신들의 동료였던 이들을 향해 달려들어 마구 물어뜯고 검으로 찔렀다.

"으악! 언데드로 변했다."

"조심해! 시체들이 모두 움직인다!"

그로 인해 그동안 팽팽하던 양측의 균형이 깨졌다.

언데드들의 합류로 마족과 마물 군단의 전력이 훨씬 막강해진 것이다.

뿐만 아니라 레온 역시 10여 명의 마족들에게 둘러싸인 채 고전 중이었다.

레온에게 마족들이 적지 않게 희생되자 마족들이 작정하고 레온을 공격하기로 한 것이다.

"헉! 헉!"

레온은 숨을 헐떡였지만 눈빛은 오히려 강렬해졌다.

'한 놈이라도 더 죽이고 죽어야 해. 내가 죽더라도 저놈들을 다 죽일 수만 있다면…….'

여기서 무너지면 아드리아 대륙은 끝장나고 만다.

용자 카디나스가 마왕 하이무카루스에게 죽임을 당했을 때도 아드리아 대륙에 대재앙이 도래했었으니까.

그때 얼마나 많은 이들이 죽었는지 모른다.

다행히 미스토스 군주 레카온이 하이무카루스를 해치워 주었기에 아드리아 대륙이 멸망하지 않았던 것이다.

그러나 이번에 다시 재앙이 도래하면 아드리아 대륙은 완전히 끝이었다. 얼마 남지 않은 인간과 이종족들이 모두 죽임을 당하고 말 테니까.

그러나 그런 그의 각오와 달리 그의 체력은 급격히 소진되었다.

검을 휘두를 힘조차 거의 남아 있지 않을 정도였다.

결국 마족 하나가 휘두른 창이 레온의 왼쪽 어깻죽지를 찔렀다.

푸확!

"크으윽!"

마족이 키득거렸다.

"네놈 때문에 죽은 마족이 한둘이 아니다. 네놈을 산 채로 찢어 죽여 그들의 죽음을 위로하겠……끄윽!"

마족이 다시 창에 힘을 주려던 찰나 갑자기 알 수 없는 힘에 의해 맥없이 고꾸라졌다.

그뿐이 아니었다. 레온을 죽이려 포위한 마족들 모두가 갑자기 가슴에서 피를 뿜으며 쓰러지고 말았다.

"크윽!"

"케에엑!"

"꾸어어억!"

이게 대체 어찌 된 일인가? 레온은 무슨 일인가 싶어 고개를 두리번거렸다.

'설마 스승님이?'

그러나 그의 스승은 멀리서 다른 마족들을 상대로 힘겹게 분투 중이었다. 누구도 그를 도와줄 만큼 여유로운 이는 없었다.

그러다 문득 레온이 고개를 돌려 중마왕 탈락티스와 시선이 마주쳤다.

'······!'

레온은 잠시 혼란스러운 표정을 지었다. 탈락티스가 매우 안타깝다는 표정으로 그를 쳐다보고 있었기 때문이다.

어째서 마왕이 저와 같은 표정을 짓고 있는 것일까?

그런데 그뿐이 아니었다.

『도망가라! 여기서 죽으면 개죽음이다! 보랏빛 구름 바다를 넘어서 사파룬 대륙으로 건너가 살아남아라. 그러면 어떻게든 언젠가 아드리아 대륙을 되찾을 날이 올 것이다!』

놀랍게도 마왕이 그에게 이 같은 말을 전하는 것이 아닌가?

'설마 그럴 리가 없어.'

경황 중이었음에도 불구하고 하도 기막힌 일이라 어이가 없어 웃음이 나왔다.

이 모든 마족과 마물들을 끌고 온 두목 마왕이 몰래 뜻을 전해 도망가라고 말하다니.

뭔가 간계가 있지 않고서는 있을 수 없는 일이었다.

『혼란스럽다는 건 충분히 이해한다. 하지만 이대로 있다 간 너와 너의 부하들은 다 죽는다. 시간이 없다. 내가 널 보호해 주는 것도 한계가 있어. 최대한 빨리 도주해라.』

그 말을 듣는 순간 레온은 방금 전 마족들을 해치워 준 이가 바로 저 마왕이었음을 알게 되었다.

'어째서?'

도무지 이해할 수가 없었다.

그리고 설령 저 마왕이 그런 일을 벌였다 해도 레온은 그의 말을 따를 수가 없었다.

죽으면 죽었지 여기서 도주하는 건 있을 수 없는 일.

'내가 도주하면 아드리아 대륙의 사람들과 이종족들은 모두 죽고 말거야. 나와 친구가 되기로 한 몬스터족들도 모두!'

레온은 마왕 탈락티스를 노려보며 크게 외쳤다.

"크하하하핫! 무슨 꿍꿍이가 있는지 모르지만 나의 시체를 넘지 않고서는 아드리아 대륙의 누구도 해칠 수 없을 것이다."

그러자 탈락티스 옆에 있던 마왕 페쿠스가 이를 갈더니 레온의 앞으로 번쩍 이동했다.

"크크크크, 애송이 놈! 우리가 잠시 유희를 위해 지켜보고 있었더니 세상 무서운 줄 모르는구나."

페쿠스는 거대한 몸체의 마왕이었다.

염소의 머리에 오우거의 몸체를 가진, 누가 봐도 악마처럼 생긴 마왕!

그의 두 눈이 핏빛으로 번쩍이자 레온의 몸이 그대로 푹 고꾸라졌다.

"으윽!"

거대한 압력이 레온을 짓누른 것이었다.

페쿠스가 키득거리며 커다란 도끼를 내리쳤다.

"애송이 놈! 그만 죽여 주……!"

그러나 페쿠스는 도끼를 내리치던 그 자세로 경직되었다.

"커어어어억!"

무슨 충격을 받았는지 그는 몸을 부르르 떨었다.

그러더니 그의 몸이 서서히 먼지로 변해 흩어지기 시작했다.

〈다음 권에 계속〉

수라전설 독룡

시니어 신무협 장편소설

ORIENTAL FANTASY STORY & ADVENTURE

"하나도 남김없이 모두 죽일 것이다.
놈들을 전부 죽일 때까지 절대로 끝내지 않아."

유구한 역사를 자랑하는 약문(藥門)들의 잇따른 멸문지화.

시체가 산처럼 쌓이고 피가 바다처럼 흐르는
절망의 지옥에서 마침내 수라(修羅)가 눈을 뜬다!

dream
books
드림북스

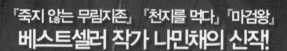